消えた道

鈴木　匡
Tadasu Suzuki

雑文集――評論・随筆・創作

文芸社

消えた道　雑文集——評論・随筆・創作　もくじ

I

評論　7

Ⅱ　随筆　95

Ⅲ 創作 189

後記 317

I　評論

脳死と臓器移植について。再考

わが国では、大昔から現在まで、死の確認として次の三つの兆候が揃えばそれで死と診断していた。すなわち心停止、呼吸停止、瞳孔散大である。今でもほとんどの医師はこの三兆候によって死亡と診断している。しかし、十数年前から、人工呼吸器や強心剤の進歩によって、この三兆候が揃わないようになることが現実となってしまい、そこで死の定義そのものがはっきりしないもの――つまり、脳死は死なのか生なのか――となってしまった。

この問題と平行して当然、臓器移植の問題が出てくる。

日本では一九六八（昭和四十三）年八月八日、札幌医科大学の和田寿郎教授により、日本で第一号の心臓移植手術が行われた。移植を受けた宮崎信夫君は八十三日目に死亡した。このとき問題になったのは、臓器を提供した山口君の死の判定である。心停止している心臓を移植しても意味がない。当然、山口君の心臓はまだ動いていたはずである。しかし山口君を診《み》た札幌医大の医師は、その状態が不可逆的なものと判定したのであろう。つまり脳死の状態である。当時は脳死の判定基準などはなかったので、和田教授は殺人罪に問われた。山口君は海での溺死者であったのだが、この事件以来、日本でも脳死と移植の問題について、医療界はもとより、国民の間でも多くの議論が始まった。そして脳死の定義が明確にならぬので、移植は先に進めなくなった。

アメリカでも、ハーバード大学の脳死基準が一九六八年にできるまでは、脳死について多くの議論がなされている。ただしこの基準書では brain death という言葉は使わないで irreversible coma（不可逆的昏睡）という言葉を使っている。

日本でも多くの学会その他で死の判定についての議論がなされた。言うまでもなく、臓器移植という問題が控えていたからである。日本での発表の主なものを記すると……。

一九七四年、日本脳波学会が脳死は人間の死であると発表した。

一九八三年、厚生省の見解（竹内基準）は脳死の定義として、「脳死と脳幹を含む全脳髄の不可逆的な機能喪失の状態である」と述べて、脳死を個体死として肯定も否定もしていない。さらに「臓器移植とは別個に論ずべきものである」とし、「死」に関しては「臨床医と、そして日本人の長い間の慣習によって決められるものであろう」としている。

一九八六年、日本医師会の生命倫理懇談会（加藤一郎座長）は、従来の心臓死のほかに「脳死をもって人間の個体死として認めてよい」と発表した。

一九八七年、臨時脳死及び臓器移植調査会（脳死臨調会・永井道雄会長）は「脳死と臓器移植とは別個に論じられるべきものである」と言い、さらにその後、一九九一年の中間報告では「脳死は個体死である」と、竹内基準を追従した発言をしている。

これらの一連の発表により、ついにわが国にも移植時代が到来したと、ジャーナリズムははやしたてたが、その後五年以上もの間、脳死者からの臓器移植は行われてはいない。一九九一年に東京女子医大で肝臓移植が行われたが二十四時間後に死亡した。

問題は「死」とか「脳死」についての定義が曖昧であることで、それも無理もない。脳生理学、神経内科、脳外科、移植医、宗教家、哲学者等の間でも、統一に近い結論が出ていないのだから、一般の人の合意を得ることは今の段階ではとても無理な話である。

脳の生理機能などは、現在その半分も解明されてはいない、と生理学者は述べている。また、意識障害の延長線上には当然、脳死があると断定する医者もいる。意識障害があっても死に至らない患者のいることは、医者であれば誰でも経験しているはずである。脳死と判定されてお産をした症例もあるのだ。

最近、臨死体験について、何かと書かれている。都立老人医療センターの名誉院長の豊倉康夫氏も若い頃、臨死を体験されたそうで、先生はペニシリン・ショックで意識を失い、呼吸も止まり、周りの人たちが人工呼吸をしてくれて何とか助けられたが、その処置を受けている間のことはすべてわかっていたと言う。自分は深い海の底に横たわり、重い水圧で金縛りになり、友達が「早く注射を」とか「もう駄目だ」と怒鳴っているのがすべてわかっていたそうである。しかし現在、臨死体験などということはあり得ないという説もある。

脳死の論点を一言で言えば、それが「機能死」なのか「器質死（梗塞死）」なのかということになると思う。

器質死でなければ脳死は認められないという説もあるが、脳の細胞死を臨床的に完全に証明することは不可能である。脳細胞の一部のものは、死後二十時間近く生きているという報告もある。それゆえ、血液を送り出す心臓が止まれば当然脳にも酸素がゆかないのだから、脳は死んだとしているのだが。立花隆氏は器質死説を主張されているが、脳の機能死説でまだ心臓が微《かす》かにでも動いているのに死を宣告されて、臓器を取られてはたまらないということであろう。

梗塞とは、その部分への血液が止まったために、その場所の細胞が死に、壊死を起こすことである。心筋梗塞の場合も同様である。ただし脳死の場合の梗塞死は、脳の全域に亘るものでなければならない。CTスキャナーで脳の半分近くに梗塞を認めても、死に至らぬ人は沢山いる。

「死」という実在する事柄は、人間誕生以来の複雑怪奇なテーマである。

死に対する態度は、民族、宗教、哲学、法律、そしてその個人的人生観などが絡み合ってまったく統一されたものはないと言える。宗教一つをとっても、ユダヤ教、キリスト教、イスラム教、仏教など、そして日本には本来のわが国の宗教といってもよい神道がある。

神道は、この日本という国土に人間が住みついてからの土着的宗教で、この根本思想は自然崇拝で、自然に逆らうことなく、自然の流れのなかに溶け込んで生きてゆこうとする思想である。

この考え方は北方民族のものであろう。私は、大昔、日本には北海道から沖縄、八丈島に至るまで、縄文人の末裔であるアイヌ民族が住んでいたのだと思う。その証拠はいろいろあるようだが、例えば全国で発掘される北方民族の縄文土器が、八丈島でも見られているし、また樹木を信仰の対象とするアイヌ民族の御神木信仰が沖縄にも見られたり、太陽を拝む風習は全国にあることなどである。また、私は昔から沖縄の人の顔の彫りの深さは、まさにアイヌの人の顔であると思っていた。

つまり厳しい寒さのなかで生活してきた北方民族の人たちは、とても自然に逆らってなど生活はできず、むしろ自然を恐れ、そのなかに溶け込んで生きるしかなかったのだ。それが今でも日本人の生活心情としてあるのだろう。そんな場のなかで神道という思想が生まれてきたのだと思う。日本を開かれた天照大御神《あまてらすおおみかみ》を拝むことから祖先神という思想が生まれてきたのだろうか。この思想が徳川時代に儒教の教えにも一致した。そしてまた、仏教もインド、中国のものとはまるで異なった日本化されたものとなってしまった。

仏教もまた日本人の精神構造に大きな影響を与えてきたことは否めない。仏教が日本に根を下ろし出したのは、西暦五九〇年頃で聖徳太子の時代である。法隆寺の建立は七世紀初頭（六〇七年）である。しかし仏教はその頃、宗教としてよりも、むしろ文化の渡来としてもてはやされたのだと思う。仏教とはお釈迦様の昔から、「我」を追求することに始まり、自己一己の悟りを求める思想で、宗教というよりも、むしろ哲学で、密教といわれるものがそれであったのであろう。

日本においても仏教は興亡をくりかえし、十三世紀に至り親鸞などにより初めて信仰としての仏教が始まり、布教も行われるようになった。死ねば来世があり、仏様にもなり、次の世に行き生きることができるのだ。つまり往生である。この辺の死生観がどうしても、日本人の思想のなかに居すわっているのも事実であろう。

日本では仏教に対峙するとも言える、キリスト教にも少しく触れてみたいと思う。キリスト教にも沢山の分派が生まれてきた。一〇五四年にまずカトリック（ローマ教会）から、ロシアおよびギリシア正教会が分かれ、さらに一五一七―三四年にカトリックからプロテスタント（これはカトリックに対してプロテストするという意味）および英国国教会・聖公会が分かれている。その正公会から一七九五年にメソジスト派が分離している。その過程では宗教に束縛されない人間的なものが求められていったのであろうし、生命とか死についてもいろいろと論じられてきたようだ。

現在、私が思うにはキリスト教は心身二元論が人間の生死を理解する基であるように思う。つまりsoul(魂)とbody(肉体)である。そしてこの二つのものが対立して苦悩するなかで神の存在を見出す、人の死は単に肉体という物質の崩壊に過ぎない。簡単に言ってしまえばこれがキリスト教的人間理解なのであろう。

一方、キリスト教の歴史は西洋哲学と大きな関わりを持っている。哲学の祖、ソクラテスはあくまで主観を排し、客観的に物事を追究することこそ、その真理に迫る道であると説いた。もともと哲学とは、人間の「生」と「死」を解明するための議論を基にしたものであったのである。

その後、長い年月を経てフランスにデカルト（一五九六－一六五〇年）が現れ、例の有名な言葉「われ思う、故にわれあり－cogito, ergo sum」を残した。この言葉の意味するところは身心二元論に通じていると私は思う。そしてさらに時代を経て、キルケゴール（一八一三－五五年）やニーチェ（一八四四－一九〇〇年）などが、哲学的思考のなかに「生」と「実存」を対立的思考として提示した。人間の実存観は自然なものではなく、自らの実存を確かめるためには、自らの存在を絶望の淵にまで追い詰めたときにこそ、自らの飛躍を感じ取ることができるという、つまり実存哲学である。これらの思想はわが国でも、一九四五年の敗戦の年以後、当時のわれわれ若い者に少なからざる影響を与えたものである。

さて、このような宗教的、哲学的流れがついには実利主義（プラグマティズム）をも許容し、ことにアメリカに根を下ろしたのではないだろうか。つまり臓器移植という問題も、われわれとキリスト教国とでは異なった考えになるのも、その思考の歴史的経過から見れば当然なことだと思われる。

さて、私なりの結論を書かねばならぬが、日本では臓器移植はキリスト教国のように簡単には国民的合意は得られないだろう。「人生は河流の如し」などと人間の生死を自然界になぞらえてしまうわれわれである。屍《しかばね》には霊魂が宿る。そしていつか屍が消失して人間は自然に戻る。この流れのなかに人生を見てきたのだから一朝一夕にはその流れは変えられないのもわかる。

一九九二年一月二十二日の脳死臨調の、二年間に亘る議論の末の答申を見ても、その委員のなかには移植反対者もおり、「提供者の承諾を得たうえでなら臓器を取り出しても」と誠に曖昧なものとなっている。それと「医療への不信感」という言葉が多く見られた。その言葉の意味するところを、医者はよくよく考えねばならぬと思う。日本で臓器移植が認められても、実際に行われるのは先の先の話であろう。医師としての「臨床医が現場で脳死を判定する」心構えが、そんなに簡単に持てないだろう。

私にはとてもできない。

平成四（一九九二）年一月

東西冷戦の終焉

一九九〇年十二月二十日、ソ連のシュワルナゼ外相は人民代議員大会で「私は辞任する。辞任を独裁に対する私の抗議とさせてほしい」と叫んで壇上から去った。テレビでその形相の凄さを見て、私は息を呑んだ。ゴルバチョフの盟友として長年に亘りペレストロイカを進めてきたシュワルナゼが、ソ連の将来を案ずるがゆえに、ゴルビー（ゴルバチョフの通称）の独裁欲と軍部の保守勢力に対する怒りをぶちまけたのだ。彼には私利私欲はない。私は彼のその心情にひどく共鳴するものがあった。彼のこの発言からソ連は一気に崩壊へと向かうのである。この年の七月に脱党しているエリツィン・ロシア共和国最高会議議長が、共和国大統領選挙で大勝し、合法的に国家元首となり、共産党の無力ぶりが暴露されてしまった。

そして一九九一年八月十九日から三日間のクーデターが起こる。首謀者は、なんとそれまでゴルビーを支えてきたヤナーエフ副大統領などの共産党の連中で、ゴルビーはクリミアの別荘に軟禁されてしまう。そしてこのゴルビーを助け出したのが、政敵のエリツィンだったのだから、まさに茶番劇。ゴルビーの権威はまったく失墜し、自ら共産党書記長を辞任し、党の実質的解体を宣言する。しかし、彼は今でも共産党員であることを、われわれは覚えておくべきである。

独立国家共同体（CIS）。なんとも聞きなれない国家群である。CISが発足してそろそろ半年は経つだろうが、旧ソ連のような一党独裁もKGBもなく、箍《たが》の締め付けようもないCISが、うまくゆくはずがないことぐらい、誰が見てもわかるだろう。経済的基盤、民族、宗教、軍事力が異なれば、自ずと利害関係がもつれる。遠い将来、なんとか独立してやってゆける国はロシアとウクライナくらいだろう。となるとCISの存在理由はなんなのだろうか。ロシアがCISのボスのつもりだろうが、それが本音なのかどうか私は疑問に思うが、ロシアも大変なジレンマに陥ってしまったものである。

私は遠からずCISは解体してゆくと思う。バルト三国はすでに独立し、次にはアゼルバイジャン等のイスラム系諸国が離脱してゆくだろう。肝心要のロシア共和国がしっかりしていない状況では、共同体もなにもあったものではない。旧ソ連のこのゴタゴタが、世界の国々にいろいろな影響を与え、近頃はG7の顔が揃えばCISへの経済援助の話である。ほっとくわけにもいかず、穴の開いたポケットに金を放り込むのも馬鹿くさいが、といってなんらかの助けを出さなければ、あの国でなにが起こるか見当もつかない。

それとロシア人には自分の国が大混乱に陥って重大な危機にあるという危機感が、あまりないように見える。自助努力の態度が見えてこない。経済の建て直しにしても統一性がない。とは言うものの、この冬は、ロシアでは食料不足で多くの餓死者が出るだろうと言われていたのに、誰も死ななかったようだ。西側が思うほど食料問題は深刻ではなかったのだ。うまく乗せられたのか。

そんな国に四月二十七日ワシントンでのG7で、CISへの当座の援助を二百四十億ドルと決めている。日本は北方領土の問題を絡ませての援助をすべきで、そうでないとわれわれ納税者はとても納得できないこととなる。昔から、借金で首が回らなくなった奴ほど強い者はないというが、今のCISはまさにそれである。また、共産主義という敵を失った西側諸国の政治状況も変わった。フランスのミッテランも昔の勢いはなく、ドイツのコール首相（キリスト教民主同盟）も大苦戦である。といってこれらの国々の野党が伸びたわけではなく、小政党の数が増えたということなのだ。簡単に考えれば西側の天敵、共産主義が崩壊したのだから、民主主義の国は、少しくらいゴタついたとしても言いたいことを言えということになったのか。

ロシアにおいては共産主義が滅亡したわけではない。現にゴルビーは共産党員であるし、人民大会での共産党を主体とする保守派の勢力は強い。いつエリツィンが失脚するか、それともなんとか収めてゆくか、それは彼の人柄、政治力、それとロシア人の自国の危機についての自覚の度合いと、G7からの援助のありかたに左右されるのだろう。

難しいのは経済大国日本の立場である。前にも述べたが、言うまでもなく領土問題が絡んでくるからで、あの世界大戦の終戦まぎわに、日ソ不可侵条約を無視して北方四島を領有してしまったことは、断じて許してはならぬことであり、これをそのままにして国として将来の保証もないロシアに大きな経済援助などすべきではないと思う。どうしてもしたいのなら、企業単位ですればよいのだ。日本はあくまで経済とリンクして領土問題を俎上に載せるべきだと思う。

最近、アメリカが急にCISの援助を唱え出したが、日本は全面的にこれに同調することなくはっきりした態度を示すべきである。ゴルバチョフの時代にソ連に経済援助をすべきだと、彼の人柄を信じて、西側の国々、サッチャーもレーガンも彼をもり立てた。だがあっさりと、元首の座を追われてしまったのだ。エリツィンとてわかったものではないと私は思っている。日本があくまで政経不可分の態度をとることは、G7には嫌われるであろうが、長い目で見れば正しいことになると思う。

現在、日本と北方四島との間はビザなしで往復できることになった。ロシアの人々が日本を訪れ、日本の実情を知り、返還後もこのまま島に住めるのなら、正直な話、返還に反対もしなくなるのではないか。日本人にとって、ほかの民族とともに生活する場所が、一つくらいあってもよいのではないだろうか。しかし、これはまだまだ先の話で、考えが甘いかもしれない。

国際的な話の論文にしばしば「冷戦終焉後の世界は……」という書き出しがあるが、私は冷戦が終わったなどとは思っていない。終わったと思えるのはヨーロッパだけのことで、少なくとも日本の周りのアジアでは、いまだに冷戦時代である。前記のごとくCISはまったく不確定な国であるし、さらに共産主義国家が日本の隣に存在することを忘れてはならない。言うまでもなく中国であり北朝鮮である。特に北朝鮮はわが国と国交のない国である。それなのに先月、金日成の八十歳の誕生日に、自民党が十人以上の代議士を送ったが、いったいなにを考えての訪問だったのか。祝いには行ったが北朝鮮の要人はほとんど相手にしてくれなかったと新聞は報じている。金丸信のような浪花節では外交は成り立たない。excuseすればすべてが円満に片付くなどということは、この世界では通用しないのだ。

大げさに言えば、北が必ず南に攻め入ると思うくらいに、日本人は心の準備をしておくべきだと思う。共産主義国家、独裁政権国家とは、一種の宗教国家とも言えるもので、苦しまぎれになにをするかわからぬ国なのだ。第二次大戦末期の、ソ連の条約を無視しての侵略もそれであるのだ。最近、金正日が軍の最高位に就いたと言われている。報じられるとおりの人だとすれば、なにをし出かすかわからない。

沖縄の米軍基地返還のことが、最近また言われている。冷戦が終わったのだからということなのだろうが、私は中国、北朝鮮が共産主義国家として存在する間は、沖縄の米軍基地が侵略抑止のためには絶対に必要だと思う。日本が核を持ち、軍隊をどんどん海外に派遣することができるのならともかく、であるが。

日本人は大体に、将来に対する「危機感」というものを持ちたがらない。企業においても国家においても。これも島国でのんびり暮らしてきたためであろうと思うが、私は自分のことにはケセラセラ的な男だが、自分の勤めていた病院などではいつも先のことが心配でならなかった。損な性格かもしれないが、絶えず危機感を持つこともリーダーの条件の一つだと思っている。

世界は時々刻々、変わる。変わらせているのが人間なのに、想像もつかないことが、起こってくる。経済的なことでは、あの疲弊した東ドイツを何百億ドルもかけて統一した西ドイツ・マルクが少しも価値を失わないのはどうしてか。ドイツ人の勤勉さのためなのか、私にはわからない。

まったく、思いもよらぬことが起こるのが世の中なのだから、日本人はお人好しで、などと不勉強をごまかすことなく、これまでの内向性を捨て、これからは外向性のある国民にならなければならないと思う。ことに国会議員には鋭い先見性を身に付けてもらいたい。

平成四（一九九二）年五月

中華人民共和国

その昔、私はソ連のことが気になって仕方がなかった。人間の身も心も統制する理不尽な共産主義体制のなかで、国民はスターリンが死んだとはいえ、ブレジネフの政権下で、どんな顔をしてどの程度の家に住み、どれほどの物を食べ、清潔な服を着ているのだろうか。それを見たかった。たまたま一九七一年八月、モスクワで国際外科学会が開かれることとなり、絶好のチャンスとばかりに私は出かけた。八日間「ホテル・ロシア」に泊まっていたのだが、その間なんとなく軟禁されていたという感じは拭えなかった。

当時の共産主義国ソ連の街は車も少なく静かであり、広告やネオンの派手な色は一切なく、地味な色合いのビルが立ち並び、一見清楚にも見えたものであった。また道行く人は足早で、笑顔はなく、どこの国でも見られる、広場で子供の騒ぎ回る風景もなかった。私は三、四日目頃から妙に陰鬱な気分がしたものだ。市内を歩くのは自由ではあったが、幾日目かに私たちに尾行がついていることに気が付き、巻いてやろうと地下鉄の駅で途中下車しても、必ずホームの遠くにその男は立っていたし、帰ったホテルのロビーでもその男を見かけた。

九日目の朝、モスクワを出てヘルシンキの空港に着き、そのロビーで溢れんばかりに花を並べた店や、明るい町並みを見たとき、何とも言えぬ安堵感と開放感を味わったのを、私は今でもハッキリと思い出す。そのとき、気分が爽やかになったのはなぜなのか一瞬わからなかった。私が初めて行った外国がソ連であったのだが、いかに共産主義の国とはいえ、トルストイやチャイコフスキー、さらには私の傾倒したドストエフスキーを生んだ文化の香りがいまだに残されているに違いないという期待は裏切られたのだ。

モスクワを出て、北欧から南下してローマに至るまで、いろいろな国を歩きながら私はいつもソ連と比べ、共産主義国家は必ず潰れるだろうという思いを深くした。そのときの日記に「私の生きているうちにソ連の潰れるのが見られないのが残念だ」と記した。言うまでもなく現実にはソ連は私の生きている間に充分間に合って、潰れてしまった。

さて、問題はわが国の隣に構える、今では共産主義国家の生き残りの「雄」、中国の今後である。言うまでもなく、鄧小平が社会主義的市場経済などと言い出して実行したため、共産主義政治は瓦解し出したのであるが、それなら共産党独裁政治もまた崩れるのかということだ。これが重大なのだ。

私には難しいことはわからないが、共産主義というのは経済学説であって、人を治めるための主義ではないはずである。その主義を政治に持ち込んで、法制化して国を作る。人間の個性を無視し、またその労働力の差を認めず、すべてに平等な生活を保証する。そんな理想を掲げてマルクス、そしてレーニンが、ソビエト社会主義共和国を作ったのであろうが、彼らが机上で論じるほどに、人間は単純な生き物ではないのだ。人間の欲望、思考、理想、肉体は千差万別である。より以上に金持ちになりたい人もいれば、余分な金はいらないが静かに暮らしたい人もいる。人間自体の個々の理想、考え方の複雑怪奇さを認めなかったがゆえにソ連は潰れたのである。

ソ連が消失して、後に残る社会主義国は中国、キューバ、ベトナム、北朝鮮などというところだが、中国は日本とは目と鼻の先の大国、人口が十三億人もいる国だ。この国の今後のあり方が、二十一世紀の日本の興亡に関わってくるのは当然である。大げさな話ではない。そんなことを考えながら、一度は中国を見たいと考えていた。たまたま、一昨年の秋、横浜・上海友好都市の会員の方々に誘われて、上海と西の果て四川省の首都、成都を訪ねることができた。その訪問記は二年前に出した私の本にも載せたので省くが、その後、中国を考えるとき、あの旅は非常に役立っている。

確かに中国は広過ぎるし、摑みどころのない国である。考えてみれば中国が国家として統一され出だしたのは明に次ぐ清朝（大陸の北方民族による王朝国家。漢民族ではない）、そんなに古い話ではない。その清国の滅亡（一九一二年）から始まった内戦の連続、その後の国民党と共産党との長い戦い。その間に日中戦争があり、結局、現在の中華人民共和国の成立（一九四九年）に至りなんとか国としての体裁ができ、曲がりなりにも統一され出したのだから、いわゆる近代国家としては大変に若い国と言える。もちろん、世紀以前より多くの王や皇帝が群立していたのだが、それはローマやギリシアなどに見るような、近代国家の基になるような政治や法律のあり方を定めたり、そしてまたインフラを整備したような国家ではなかった。今風に言えば、古くから近世にいたるまでの中国の国家とは、物流により財を築く都市国家の散在群であり、それぞれが独裁国家であったのである。

日本が隋や唐に使者を派遣したり、招聘をされたりしたのは、いわゆる従者としての朝貢などではなく、交易によってお互いに利益を得たかったからなのだ。十七世紀初頭までの琉球王国は、まさに今で言う商社的な存在であったのではないか。つまり日本、中国、台湾さらにタイなどの交易路の中心に位置していたからこそ、琉球はそれらの国の貿易センターとして栄えたのであり、中国人により統治された国ではなかったのである。当時の琉球にはそれしか栄える方法はなかったのは頷ける。

さて話を現在の中国に戻そう。

前述のように中国の政治は、その昔からすべて乱立した国々で、皇帝国家、つまり強力な中央集権国家として成立してきた。そして現在では、その皇帝は共産党ということとなる。つまり、毛沢東も鄧小平も皇帝であった。すなわち二千年来、この国では群雄割拠したそれぞれの小国に独裁的人物が君臨しなければ統治できなかったということ。つまり、人間が多過ぎることと、土地が広過ぎることも大きな原因であったのだろう。それゆえ家父長的縦社会によって、社会なり国家を統治するという中国人の伝統が「皇帝」の存在を認めてきた。

国が広大過ぎるということで、一昨年の旅を思い出す。上海から成都まで千八百キロ、ジェット機で二時間半のフライト。遙かに地上を眺めると、絶えることなく黄土の平野が続く。田んぼも畑もなさそうだ。不思議であった。中国の人口の八〇パーセントは農民であると聞く。とすれば少なくとも、あの平野の中にも多くの農民がおり、耕地があるはずであるのにそれがない。なんとも不思議であった。中嶋嶺雄氏の本にも、「中国の人口を単純に十億とすれば農民は八億。アメリカは人口は二億で農民は五百万、しかも食料は余剰気味である」と。こんなに人口に比して農民の多い国は世界にはないし異常でもある。それなのに上海や成都の郊外を走っても農民の姿はほとんど見られず、また荒れ地が多い。しかも今、中国は食料輸入国となっているのである。なにかが狂っている。農民が働かないのか、農民一人あたりの耕地面積が少ないのか、国としての農業政策が放置されているからなのか。私には、農民の何千年来の諦観とも思える人生観が、そうさせているとしか思えない。その達観とは不易の保守性。これらが中国の農業を衰退させているのではないか。

私は農民が保守主義であるのは、一応、万国共通であると思う。簡単に言えば彼らは自然を相手に、先祖から受け継いだやり方を基にして、生産しているのだからである。農民のそれはわかるとして、また繰り返しになるが、私は中国人のすべての人が心の中で大部分は、二千年来の孔子や儒教の教えである家父長制、礼教制による縦社会のなかに生きるという、保守の強い心理を持っているのだろうと思う。だから東南アジア諸国を初め世界の国々に華僑が根を下ろし栄え、鄧小平は客家であったのでその地位を得たと言い、江沢民は金持ちの上海閥であるので最高位に就けたとなる。これらはすべてヒエラルキー（上下階層関係）に整備されたピラミッド型の秩序、組織を形作っているのである。

つまり中国人は、革命は嫌いではないが、改革は納得できないのではないだろうか。毛沢東は理想に燃えて、保守の温床である農民に反逆思想を叩き込み、一九四九年に中華人民共和国を作った。そして政治も思想も教育も宗教も、すべての伝統的な保守思想を潰し、中国全土を思想的に更地とし、毛思想を浸潤させるために「毛沢東語録」を強制的に散布した。毛もこんなことくらいで中国人が、その保守性を棄て切れるとは信じていなかったに違いない。だから一九六六年からおよそ十年に亘る、〝狂気の沙汰〟の「文化大革命」を起こしたのである。毛は「皇帝」に憧れたのである。

この独裁者の革命によって、この国の国土、政治、文化、多数の人材を失い、国際的な信用をなくした。そんなことは、今の国民は皆知っているにもかかわらず、いまだに天安門には毛沢東の肖像が掲げられている。その心理とはなにか。

私が成都に行ったとき、街の一角に大きな毛沢東の石像が立っていたので、通訳の人に「国民は毛を崇拝しているのでしょうね」と言ったら「壊すのにも金がかかるので、ほったらかしてあるのでしょう」と、つれない返事だった。

中国の今後について考えねばならぬ事項は、数えたらきりがない。

その考察のための事件としては「文化大革命」と二度も起きた「天安門事件」を検証することかもしれないと私は思ったりしている。

それにしても、中国人とはいったいどんな考え方をする人たちなのだろうか。漢民族が今では国民の主流を占めていることは間違いないのだろうが、この北方民族の漢民族は、本質的にどんなものの考え方をする連中なのか、実は日本人にはよくわかっていないのではないかと私は思ったりする。先に挙げた二つの事件でも、『毛沢東の私生活』『ワイルド・スワン』『レッドチャイナ・ブルース』『妻も敵なり』『中国はこうなる』等々を通読しても、とても普通の日本人には理解できぬことが多過ぎる。ただ漠然とわかってきたことは、日本人と中国人はとても「一衣帯水」「同文同種」の間柄などではない、ということである。中国人の善悪を言っているのではない。考え方の発想が、われわれ日本人とはまるで違う国民であることを、われわれは本当に理解しておかなければならぬと思う。

例えば岡田英弘氏の本で、一九九六年、台湾の総統選挙のとき、中国が台湾海峡でミサイルの発射実験をした。アメリカが空母二隻を海峡に派遣して、事は収まったのだが、ちょうどこの頃、鄧小平も余命幾許《いくばく》もないときで、反江沢民派の軍が鄧の死後、江沢民に好きなようにはさせないぞという威嚇であったとのことで、江沢民も知らない間の実験であったという話。実験は国内問題のためのものであったとのこと。つまり「敵は本能寺にあり」的発想なのである。

上海に行ったとき、中国の役人との宴会に幾度か出たが、北京語と上海語とはまったく通じないのを知った。もちろん今の公用語は北京語なのだが、上海人は北京の役人を小馬鹿にしているのか、わざわざ上海語で話し合っているらしく、横にいる役人はまるで素知らぬ顔をしていた。広東語はもっと通じないそうだ。この言葉の問題も、中国人を語るときには重要であろう。先日、サッカーの中国チームが来日したが、解説者が、言葉の問題でチームワークが難しいでしょうと話していた。

漢字は紀元前からの表意文字だから、古いものではあるが、その後もどんどん、詩人などによって自分の感情を表すためにまったく新しい文字が創られているとかで、だから中国人でも読めずわからずの文字があるらしい。そうなると、文字がなんのためのものなのかわからない。面白い国だ。つまり彼らはお釈迦さまではないが「天上天下唯我独尊」的な個人主義者なのだ。漢詩を書くのは自分の発想を書くので、他人のことなど眼中にはない。

長谷川慶太郎氏が書いていたが「もし共産党の天下がひっくり返ったら、一夜にして五星紅旗は姿を消し、かわりに再び青天白日旗が翻る」「箪笥の中に青天白日旗を一本も持っていない中国人などいない」と。これはまた強烈な比喩だが、ありそうなことである。

日本は明治維新で文明開化に突き進み、大政奉還をして政治革命をとげた。そのとき、中国にも多くの外国文明が押し寄せていたが、当時の清国は外国文明を嫌った。彼らは中華思想を棄てる勇気がなかったとしか言いようがないのだろうし、今でもその思想は残っている。こじつければ中国化した共産主義もまた、中華思想の表れだと思い込まないと、彼らはやってゆけないのだろう。

鄧小平もまた、共産主義では国は栄えないことは百も承知だった。それで「白い猫も黒い猫も、鼠を捕る猫はよい猫だ」と、遠回しに社会主義的市場経済なる言葉を作り、資本主義を容認せざるを得なくしたが、党そのものの存在を否定はしていない。そして先日の全国人民代表者会議でも党の独裁を謳い上げている。まさに唯我独尊の党である。

間もなく江沢民の時代は去り、朱鎔基の時代となる。六十九歳の上海人である。

大変なお国がお隣にあるものである。

話が変わるが、以前から中国の近世の政治などに関心を持ち、そんな記事、評論をなるべく読むようにしてきた。孫文から始まり江沢民に至るまでの政治の流れを通読するだけでも、まさに一大人間ドラマを読むような面白さがある。これはなにも中国だけではなく、どこの国でも社会にでもある、千古の昔からの人間の織りなす物語であるのだ。先祖の愚かさを知りながら、またいつの間にか自分もそこに落ち込む愚かさ。なにがそうさせるのか。

中国がその昔から、自国こそが世界の国の中心であるという中華思想を持ち出したときに、また個人が帝王になり、金と権力を持ち出したときに、その国なり帝王は、人間には許されないはずの常識を忘れる。その権力が、非常識を押さえられると思うのだろう。帝王は偉ぶり、傲慢となり身を滅ぼす。直言諫言の士の言葉も耳に入らなくなる。近頃の大蔵省や日銀の連中もこれか。

民主主義とは、このような独裁者的人物を作らぬためのものなのであろうが、自分の身の周りのことで精一杯な国民には、国家を運営するための民主主義は深く理解されない。民主主義は質より量によって決められる制度であると言われてしまうのも寂しいことである。

ここで問題になるのはジャーナリズムの質であり、責任である。傲慢な役人なり政治家をただただ批判し、その根本問題も自分の信念も言わない評論家もまた傲慢であると思う。

「歴史は繰り返す」とは、聞き飽きた言葉だが、近代の中国を見ていると、つくづくそんなふうに思えてしまう。

共産党独裁国家は駄目だということである。

平成十（一九九八）年三月

文化と伝統について

私はこのような表題について、この頃、大変にこだわって考えてしまう。

そんなことを考え出した発端は、前にも書いたが、冷戦の終焉後、待ってましたとばかりに起こり出したあらゆる種類の世界中の紛争の多発。なぜなのだ。もう一つ、脳死と臓器移植の問題が、日本ではなかなか解決しないのはなぜか。そのほか、身の周りで起こるいろいろな事柄を考えてみると、それぞれの個人なり、集団としての国家などのなかに染み付いた文化・文明・伝統の違いを、どうしても考えておかないといけないのではないか。

そうなると「文化とは？　伝統とは？」となり、その定義も人さまざまである。さらに日本の文化となると歴史書を読まなければならぬし、それを突き詰めてゆくとついには「日本人のルーツは？」となってしまう。

日本人がモンゴロイドであることは間違いないが、この人種は北方系なのか南方系なのか。最近の説では、私が簡単に北方系だと思っていたアイヌ民族は南方系（朝鮮半島からの）だということらしい。住居、言語、衣服などからの見方だそうだが。

先日の産経新聞（一九九三年十二月六日付）に司馬遼太郎氏が「狭義の文化とは民族や社会で共有されているもの」、文化とは「それにくるまれて安らぐもの。あるいは楽しいもの」と書いていた。たしかにそのとおりであるが、なにか私にはもの足りない。これも「文化」という言葉の一つの定義ではあるのだが、この定義では世界の民族紛争などを、文化および宗教の違いによる紛争と呼ぶには、少し迫力がないように思える。

私はその人の文化、その国の文化はもっとドロドロした人間の醜悪なもの、儚いもの、冷徹なものも根底にあって成り立ってゆくのではないのだろうかと考える。

京都の鹿苑寺（金閣寺）、慈照寺（銀閣寺）が日本の文化遺産であることは間違いないが、その室町時代はまだ貧しい時代で、一般の人は掘建て小屋に住んでいた。さらに足利義政（一四三六－九〇年）が建てた禅寺、銀閣寺は応仁の乱（一四六七－七七年）の後に作られた。このわけのわからぬ戦いで、京都の八割が灰燼に帰してしまったという。そんなときに恋愛をし、風流を楽しんでいた義政がどんな気持ちになって銀閣寺を建ててしまったのか。それが日本の大事な文化遺産なのである。

文化とは面白いものである。世界のなかでも多くの文化遺産、教会なり寺や墓、アンコールワットやピラミッドなどが、庶民の血と汗を絞り上げて建てられている。このような建物を文化遺産と呼ぶこと自体が間違いなのだろうか。しかし建てたときの状況はともかく、現存するそれらの建造物などは立派な文化遺産であることには間違いない。

義政は十一年に亘る応仁の乱に、まさに人間の無常を見たのか。そのために、現世とはまったくかけ離れた世界を夢見て、銀閣寺を建ててしまったのだろうか。なにか少しわかるような気もする。彼は大変なデカダンティズムのなかで「美」を求めたのか。

人が「美」を求める心情は人によりさまざまであろうし、そしてその「美」を求めてゆく過程も千差万別であろう。そして美を具体的な造形のなかに見出したり、あるいは形而上の問題として求めたりするのだろうが、ただ美を追い求める人の一つの共通点は、はっきりとした自分を持つ純粋さであろうと思う。「われ思う、故にわれあり」なのか。

戦後のあの混乱した日本で、坂口安吾や太宰治などの頽廃的と言われた作家が出て、堕落論というものが世に問われた。私も読んだし影響も受けたと思うが、所詮、これらの作家も純粋に人間の美を追求してのことだったのだ。人間の感情も理性も獣に近いところまで落ち込んでいったときにこそ上が見えるのだと。美を求める一つの道として彼らは歩んだのだろう。太宰は一九四八年に自殺し、坂口は一九五五年に亡くなっている。三島由紀夫は「金閣寺」などという耽美的なものを書いているが、一九七〇年自衛隊市ヶ谷駐屯地のバルコニーの上で、隊員を前にして国粋的な愛国の情を説き、その場で割腹してしまった。それが彼の自らの死の美学であったのだ。当時、そこに至るまでの彼の心情を思うと、私はやり切れぬものを感じた。彼は私と同年輩であった。

これらの作家たちはもちろん、戦前に名を成した人たち、堀辰雄、横光利一、岸田国士などとはまったく異質な作家ではあるが、文学者としては皆それぞれの時代の日本なりヨーロッパの文化のなかで培養された心情で、人間の美意識を追求したのだろう。ただ、戦後派と言われる人たちは、あの過酷な戦争を体験しているだけに、思考も半端なものではなかったのは当然であろう。またこれらの戦後派の人たちと、明治、大正時代に生きた作家たちと比べてみるのも面白そうだ。

日本では「文化」という言葉を安直に使い過ぎてしまい、なにか定義が曖昧で、この言葉を使う議論をするときには困ってしまうことが多い。曰く文化会館、文化住宅、文化人、さらには文化鍋などという言葉があったことを思うとなんとも収拾がつかない。だから私は文化という言葉を使う議論をするときには、相手に「あなたの文化という意味は？」と尋ねることにしている。もちろん簡単に答えられることではないが。文化は英語ではculture、独語ではKulturであるが、ともに耕作・培養・教化などが本来の意味である。人間にとっては大変に厳しい意味合いの言葉であるはずである。自らの教養を高めてゆくのは、まったく個人の問題であり、周りの人や物には関係がないことだ。その人が畑を耕す意志がなければ畑はいつまでも荒れ地である。あるときには没我的にもなって自分の美意識を求めなければ、その人は醜悪なものさえ判断がつかなくなる。簡単に言えば贈収賄事件などもそれだ。愛ももちろんそれである。

しかし万人が自らをカルチャーすることはあり得ないし、そのスタンダードも方法も妥協点も異なる。しかもそれぞれの宗教、民族が文化には深く関わっているのだから。さらに個人の間でも、遺伝子、ＤＮＡなどと言い出すと、人間同士が、民族同士が本当に理解し合うことなどは夢のまた夢である。だが人間とは諦めの悪い生き物で、なんとか、村なり町なりで、さらには国家間でEC（欧州共同体）だとかAPEC（アジア太平洋経済協力会議）などを夢中になって作る。面白いものだ。

思えば日本の大東亜共栄圏もそれだったのだ。なんとか共有する文化を探し出して共栄してゆこうとする気持ちはわからないでもないが、私は悲観的だ。だからノーベル平和賞などを作り、人類は本来、平和を重んずることを尊く思ってきたのだと、自らを慰めているのかもしれない。

宗教もまた紛争を起こす大きな要因だ。宗教は本来、人の幸せのためのものであったはずなのだが。人間は生物学的にはひ弱な動物だから、人類発生の大昔から集団を組まなければ生きてはゆけなかった。集団を作れば共通の掟、信仰もなければまとまらない。そしてそれに深く嵌まり込んでゆけば、当然、排他的となる。

信仰だとか宗教に深く関わらずに、なんとかまとまりを見せている国が日本なのだろうか。これは島国という閉鎖された土地柄のためだろうと思う。他民族との軋轢もなく、気候もよく、山海の幸にも恵まれて生活していた日本人には、宗教が深く根を下ろす素地もなかった。だから生まれて七五三は神社で、結婚式は神社か教会で、葬式、法要は仏教という方式となる。そしてこの流れが大方の日本人の一つの宗教観なので、いちがいに日本人は無宗教だとは言えないのではないのだろうかと、この頃思ってしまう。
一つの宗教ではまとまらない日本なのだから、脳死が人間の死なのか、臓器摘出をしても良いのかの問題は進展しないのも無理からぬことである。これは何千年にも亘る間に日本人のなかに培われた人間観、生命観によるもので、これらの観念を一朝一夕に変えることは、できるはずがない。先日（一九九三年十一月）に「脳死及び臓器移植に関する各党協議会」で脳死での臓器移植容認を決め、来年の国会で立法化されるとのこと。初めは移植をしたくてならぬ医者が幾例かはするだろうが、実際に日本の文化圏のなかで臨終の場で医者が、どのように脳死と決めるのか、また遺言があってもそれを家族が人間の死と理解するのか、キリスト教国家でない日本ではとても無理だと思う。科学の進歩は素晴らしいことだが、人間の死生の問題にまで関与はできないはずだ。

個人なり各民族の持ち続ける「文化」の善悪は論じられるものではない。
キリスト教こそ人類の最高の宗教だと唱えても、イスラムの人には絶対に通じない。
民主主義こそ人間の政治の理想だと言っても、社会主義者には完全に理解されない。

人それぞれに欲望も千差万別である。

人はパンのためにだけ生きるものではないと言っても、「まず、パンです」と言う人もいる。

そんなことを次から次へと考えてくると、人間は生まれてきた家族なり民族なりの「文化」のなかから死ぬまで完全には抜け出すことはできず、一生を終わるのだと思う。

人間同士の争いは永遠に続くのだ。そして死ぬときは「グッド・ラック」か「グッド・バイ」だ。

平成五（一九九三）年十二月

千利休のことなど

私はだいぶ前から、豊臣秀吉にあれほど重用され、仕えていた千利休が、最後には秀吉に切腹を命ぜられ、それに反抗することもなく従容と自害したのはなぜなのだろうかと、漠然と考えてはいた。

最近、星川清司・著『利休』（文藝春秋）と赤瀬川原平・著『千利休、無言の前衛』（岩波新書）、桑田忠親氏の利休についての著作などを読み、少しばかり利休がわかってはきたが、人間・利休に迫るには、もっと深く彼のことを考えてあげないと、その本質には迫れないと思う。これからも利休についての本を探して読みたいとは考えるが、だからと言って沢山の本を読んでも、おそらく彼の本心はわからないだろう。なにも利休に限らず、人間同士、お互いにわからぬことだらけなのだが、私流に利休の生き様を解釈し、想像することも私という人間をさらけ出すことにもなり、面白いのではないかと思ったりしている。

利休は一五二二―九一年の六十九年の生涯であった。堺の大きな魚問屋「ととや」という豪商の息子であったが、大徳寺に参禅し宗易と称した。これは坊さんの名前ではなく、茶人としての称号であった。当時、禅宗の寺では茶が座禅中の眠気覚ましによく飲まれていたとかで、茶道が確立され始めたときでもあったのだ。手ほどきは武野紹鷗《じょうおう》に受けている。利休が小乗仏教である禅宗の大徳寺で学んだことが、その後、彼の目指した茶湯者《ちゃのゆもの》としての道、そして彼の死生観にも大きな影響を与えたであろうことは想像のつくことである。

小乗仏教とは俗界を離れ、あらゆる欲望を絶ち、出家して自らの悟りの世界を開きたいという、非常に個人的な思想であると思うし、宗教というより、むしろ実存哲学的なものに近いのではないだろうかと私は考える。大乗仏教の信者は当然、小乗仏教はあまりにも個人的であり、独善的であると誹謗し、出家者たちが自らのなかに閉じ籠もり、少しでも釈迦に近付いたはずの彼らが、広くその教えを伝えない小乗の出家者を非難したとのことである。釈迦の教えの解釈の違い、現代風に言えば宗教とはなんなのかという問題なのだろうが。しからば、今の日本の仏教とはとなると、話は誠に複雑になる。

その昔のインドにも中国にもない、またタイの仏教ともまったく異質な仏教が、日本には生まれてしまったのだ。それは、おそらく日本では、原始信仰としてのシャーマニズムが古代からあり、呪術師、巫女《みこ》が現世の人々と神々（祖先神）との橋渡しをしていた。その土壌のなかに儒教が入ってきた。

儒教は現在では人間の倫理、礼儀、哲学などだけの教え（礼教性）であると捉えている人が多いようだ。しかし、儒教を一つの宗教として見る人は、儒教としての芯は「孝」であろう。明治天皇の教育勅語の「よく忠によく孝に」もたしかに礼教であると言う。孝とは祖先、親を敬うことであるとなれば、それは祖先の魂に導かれ、思慕する関係を尊ぶシャーマニズムであり、そうとなれば儒教の始まりもシャーマニズムであったと言えるのではないか。そしてわが国ではこの儒教が日本古来の信仰である祖先神とうまく結び付いて、広く根を下ろした。儒教もまた日本では一つの宗教であったと言えるのだろう。

またその祖先神、儒教の根の上にさらに仏教が流れ込んできたわけだが、日本に定着するためには、仏教も釈迦の説く「人生は苦しみであり、その原因は欲望にある。これを断ち切ることによって自由と安楽を得ることができる。つまり〝涅槃寂静〟の悟境である」との思想では、七世紀の日本人には馴染めない。そこに儒教の祖先神をうまく溶け込ませなければ仏教は身近なものになり得なかった。本来、仏教には祖先神などなく、人は死ねば「輪廻転生」の思想である。また人間に生まれ変われるか、動物になるかはその人の現世での生き方に左右されるのであるとの考え方であるのだ。

仏教や儒教のことに筆が逸れてしまったが、この辺のところを少しは考えておかないと、利休の茶道も切腹も、なかなか理解できないのではないかと思う。さらに言えば、利休の追求した茶道や陶器のなかの「わび」だの「さび」だのというものは、いったいどこから出てきたのか。それを思うと、とても仏教、儒教では説明がし切れない。この「わび」などという感覚に美を求めるのは日本人しかいないのではないか。そうなると、いったい日本人の美意識のなかに、どうして「わび」だの「さび」だのという感覚が生まれたのだろうか。その感覚を追い求めると「日本人の起源」を探らなければ、話が進まなくなる。

シャーマンによる日本の原始宗教よりも前、縄文・弥生時代のわれわれの祖先の信仰は、自分よりも強くたくましく存在し続けるものすべてを敬服し、崇めたのではないかと思う。太陽、月、何百年も生きている樹木、風、さらには熊、マムシに至るまでのものを信仰の対象としているのだ。朝、目覚めれば太陽を拝む。巨大な樹木には注連縄《しめなわ》をつけて拝む。家を新築するときにその高いところに白木の柱を立て、御幣《ごへい》を付けるなど、多くの自然に対する信仰が残されている。それは自然現象に逆らってはとても生きてはゆけないための信仰であったのだろう。自然の猛威の恐ろしさ、力強さを知れば知るほど、自らの無力さを知る。その諦観のなかに「わび」とか、「さび」の静的感覚が芽生えてきたのではないか。日本人には自然を敵として征服してやろうという気風はなかったのではないだろうか。

それでは、日本民族はどのような過程で成り立ってきたのか。北からか、大陸からか、南からか。私もこの件について何冊かの本を拾い読みしたが、結論は現在のところ専門家の間でも出てはいない。約二万年前の氷河期には朝鮮、九州、本州、北海道、樺太、シベリアはほとんど陸続きであった。当然、寒い土地の人や動物は、南に移動したであろう。北海道の細石刃文化がそれを証明しているが、それと同時に古モンゴロイドと言われる人種が朝鮮を経て、多数日本に来ている。これは南方系である。南方と言っても南の島伝いに来たという意味ではない。その残存民族がアイヌであろうとされているようである。ともかく、前記のシベリアなどの細石刃文化とその後の弥生時代の稲作文化が入り交じって、日本人はできたのは間違いないところだろう。日本原人のことは改めて書くこととしよう。

モンゴロイドの起源はまさに、シベリアを含めたアジアである。この黄色人種は白人とはどこか異なる感性を持っていることはたしかである。私には、儒教を含めたシャーマニズムと一神教との差のように思えてならない。現代風に言えば、最近流行のハーバード大学のサミュエル・ハンチントン教授の言う「文明の衝突」というテーマもそれだろう。

話を元に戻す。利休は若い頃、大徳寺の山門造営のために何千貫の金を奉納したほどの金持ちである。その一方、織田信長には多くの武器を調達し、鉄砲玉を作り、儲けた、いわゆる死の商人でもある。その利休は信長の茶頭《さどう》として仕え、町人としては厚遇されていたのだが、しかし、目にした独裁者信長の戦の冷酷さ、武士としての粗野さ、しかしその反面、能や茶道のなかに求める美意識、キリスト教をも容認し、ヨーロッパ風とも思える絢爛豪華な安土桃山城の完成と、その謎とされる消失。また本能寺で追い詰められた最後の場で、わざわざ数々の茶器の名品のなかで自らの命を絶った姿。私は利休は人間・信長のなかの傲慢と脆弱、強がりと孤独、合戦続きのなかでいずれは自分も死ぬであろうことの無常観、そんなものを間近に見続けて、信長の魅力に取りつかれていたのではないだろうかと思う。

信長の死後、秀吉も利休を重用はしたが、利休は信長に対するほどの思い入れは秀吉には持てなかったのではないか。一つには豪商の利休は、農民からの成り上がり者と秀吉を見ていた面もあったであろう。事実、秀吉は信長存命の頃には頭を下げて利休に茶湯の道の教えを請うている。しかし時が移り、太閤秀吉となるにおよび、人に頭を下げることを忘れ出したその人間に、心から心服し切れぬものが出始めたのではないだろうか。そしてなにかと、魅力を持った信長と、秀吉を比べて見てしまったのは当然であろう。

歴史に名を残すこの二人の武将に仕えることによって、戦国の儚さを身近に見、また若き日の禅寺の生活を思い、「動」の対局としての「静」を感じたのではないだろうか。哲学的思考を知る利休のなかに息づく、自然神を思い起こさせる日本古代の血が、彼を「わび」の世界に引き入れたのではないだろうか。私にはそんなふうに思える。

利休にとっては茶湯の道は、禅宗の座禅のような一つの信仰であり、宗教でさえあったのである。

冒頭に書いたように、なぜ秀吉は利休を死に追いやったのか。その原因の確たる証拠はなく、現在でも諸説がある。

政治的な反目があったことは事実である。利休は切腹する半年前まで絶えず秀吉の側《そば》に仕えていた。秀吉の弟、秀長とは無二の親友であったが、秀長は利休の死の半年前に病死している。そして反秀長派に石田三成がいて、利休とは合わず、利休を死に追い込んだのも三成との説もあるようだが、私はこの政治的派閥争いが、利休の死の一つの原因だと思う。

現在、一般には死への動機として大徳寺山門（三門）に置かれていた利休の木像が、多くの仏像のなかにあるのは怪しからんということと、茶湯道具の売買にあたって私曲があったということが言われている。おかしいのは、木像の件は応仁の乱以後、朽ち果てた山門の改修にあたり、利休が大金を奉納したので、そのお礼として僧の古渓が作らせたのであり、それはこの像が問題となる数年前のことであるし、茶人としての道具の売買は、なにも今に始まったことではないはずである。

天正十八（一五九〇）年九月、秀吉は京都で朝会を開き、利休に御茶頭という大役を命じている。そして切腹は翌年の二月二十八日である。

秀吉は本心では利休を殺したくはなかったのではないか。秀吉の母、大政所《おおまんどころ》と正室の北政所《きたのまんどころ》が助命に奔走している。秀吉にとって、利休は二十年に亘る人生の師であり、政治の面でも腹蔵なく話せる友であったはずである。また自害を言い渡してからそれを執行するまでに、約二か月近い時間をおいている。利休からの助命嘆願を秀吉は待ち続けたのであろうし、悩み苦しんだと思う。利休は助命を願えば、自分の築いた茶道が滅びると助命を断った。

武士にしか許されていない切腹を、秀吉の配慮からか町人利休に求めている。死ぬ年の正月に、利休は妻、おりきに歌一首を贈っている。

あわれなる老木の桜えだ朽ちて　ことしばかりの花の一ふさ

おりきはこの歌によって、利休の覚悟のほどを悟ったのだとされている。おりきは利休が五十七歳のときに後妻として迎えた恋女房であった。いささか男まさりな頭のきれる女性であったようで、利休の病死した先妻の息子、道安と自分の連れ子、少庵を、その後立派な茶人に育てた。そして利休の死後四年にして、秀吉は千家再興を許しているのである。

思えば茶湯者の社会的地位が、当時なぜかくも高かったのだろうか。そして絶えず自分の仕える殿の側に侍している。戦ともなれば利休も小田原に、九州へと出陣した。そのような重要な側近であるだけに、一旦政争の渦に巻き込まれると、その地位にある人間は意地と虚栄、そして虚しさに枯れ果てて渦のなかに呑み込まれてしまうのだろうか。また本人も人間の孤独さを悟り、激流に身を任せてしまう。それが人間の業なのか。

信長、秀吉、そして利休とおりきのことを思うと、これらの人々の織り成す人間模様のなかにもそれぞれの生きるための苦しみが滲み出てくる。寂しいことだ。

平成六（一九九四）年六月

森鷗外・私論

一昨年、鷗外についての雑文を二つ書いた。その後もなにかと鷗外のことが頭から離れない。それで今また、そのことについての私の思いを、少しばかりまとめてみたいと書き出したのだが。前記の雑文と重複するところもあろうかと思うが、ともかく文章にしておこう。

私は若い頃から人間・鷗外には興味を覚えていた。彼が明治を代表する文学者であると同時に、軍医としてはその最高の地位、陸軍軍医総監にまで昇りつめ、陸軍中将相当官になっている（軍医は兵科ではないので、そのように呼称していた）。このように文学と医学というまったく異質な立場をともに完遂させたという華々しい経歴の持主であったからである。私も医者の端くれでありながら、かつては文学青年気取りの時代もあったので、鷗外の人生が知りたかった。

そんなことからか、私の手元にある『鷗外全集』は昭和二十四年に東京堂から出た全八巻、一冊二百六十円のもの。私のインターン時代に、母を拝み倒して買ってもらった記憶がある。

鷗外が医者の道を選んだのは、実家が彼の祖父、森白仙まで十二代続いた石見国（島根県）津和野藩の奥付き藩医であったからであろう。父、静男も町医者であったが、明治四年の廃藩置県のあおりを受けて、その翌年に、家族ともども東京に出る。鷗外十一歳のときで、「脱亜入欧」「文明開化」「官員さま」の時代となった頃である。

ここで鷗外は考えたのではなかろうか。十二代も続いた医者の家に生まれたからには、ともかく医者になろう、医者になればなんとか食べられるだろうと。当時の第一大学区医学校（後の東大医学部）に十二歳のときに入学し、六年後に卒業した。そしてまた彼は考えた。町医者などではつまらない、官吏になることだ。医者で官吏といえば軍医である。当時、軍医のほうが一般官吏よりも留学する機会が多いことも知っていたに違いないと私は思う。子供の頃から津和野の殿様、亀井家に仕える家庭に育ち、ヒエラルキーの世界を身に染みて知っているからには、官吏にしくはないと考えたのも、無理からぬことだと思う。それが彼をして、死ぬまで官僚人とし、昇進や栄転に一生、拘り続けさせたのだろう。

松本清張・著『両像・森鷗外』（文藝春秋）によれば、鷗外は「徹頭徹尾官僚人だ。官僚人である資格は上昇志向である」と書かれている。私も鷗外の経歴を見ると、官吏に拘り続けたのはわかるのだが、なぜ文学を捨て切れなかったのか、捨てないまでも主を軍医に置き、従を文学に置けなかったのかがわからないのだ。もっとも彼に言わせれば、軍医が主であると言ったのかもしれない。

さて、鷗外は明治十七（一八八四）年、二十二歳のときに、待望のドイツ留学を命ぜられる。四年後に帰国するのだが、帰った四日後に、滞独中の恋人とされたドイツ娘、エリスが、鷗外を追って横浜に着く。しかし、鷗外の両親、友人たちの二人に対する結婚反対の説得により、エリスは空しく故国に帰る。

この二人の関係については、鷗外研究者の間でもいろいろな意見があるようで、当時、鷗外は親友の賀古鶴所《かこつるど》への手紙で「その源の清らかざること故」と書いているので、エリスは鷗外にとっては行きずりの女であったのだという説。一方、成瀬正勝（東大文学部教授）は「鷗外は親が許せばエリスと結婚するつもりで帰ってきたのだ」と昭和四十七（一九七二）年四月の『国語と国文学』のなかで述べている。私は成瀬説であるが、この件については後で「舞姫」に絡ませて書きたいと思う。

そして帰国の翌年、二十七歳で彼の留守中に嫁と決められていた男爵の娘、赤松登志子と結婚しているのだが、その翌年には親類縁者の非難を浴びながらも離婚する。その離婚と同時に彼の処女作「舞姫」が発表されているのである。新婚時代にこの作品を書いていたことの意味は大きいと思う。

さて、明治三十二（一八九九）年、鷗外三十七歳のとき、小倉の陸軍第十二師団軍医部部長に転任する。多くの鷗外研究者はこれを左遷と見ているし、鷗外自身も菅原道真の大宰府流しになぞらえてもいる。官吏の上昇志向による僻みもあっただろうが、たしかに鷗外はそのとき、東京では軍医学校校長であり、一方ではいわゆるドイツ三部作「舞姫」「うたかたの記」「文づかひ」その他の作品で文壇の地位を確保し出したときである。そんなときに東京から三日はかかる当時は九州の片田舎、小倉に行けとは、あまりにも酷い人事に気が動転したのもわかる。

鷗外は友人に陸軍を辞すると手紙を書いているが、強引に引き止められてしまう。小倉は人口二〇〇〇〇の町で、そこに突然十二師団が新設されたのである。当時は日本が対ロシア戦略に力を注ぎ出した頃で、その対戦の要を満州に近い小倉にしたというのは頷ける。鷗外が、当時の国際情勢への認識が甘かったのは「小倉日記」を見てもわかる。

この小倉在勤の足掛け四年間、文学活動としてはハンス・クリスチャン・アンデルセンの「即興詩人」の翻訳が主なものだろうか。もう一つ翻訳として、クラウゼヴィッツの「大戦学理」がある。これは石井郁男・著『鷗外「小倉左遷」の謎』(葦書房)によれば、ドイツ人クラウゼヴィッツが十二年間心血を注いだ著で、戦術論というより兵書の哲学書であり、カントの流れを汲む著者の文章は難解を極めた。この翻訳ができるのは、哲学の素養のある軍人、鷗外しかいなかった。彼はドイツ留学時代にすでにこの本を読んでいたので、同時代に留学していた早川大尉が鷗外に依頼したようだ。これが当時の作戦参謀の教科書となり、その後の日露戦争には非常に役立ったと言われている。石井氏はさらに、この翻訳のために鷗外を東京から離れさせたのではないかとまで言っている。そうかもしれない。

この翻訳が山県有朋の目に止まり、森林太郎(鷗外)軍医の名は軍部でも大いに上がった。長州閥は当時から昭和に至るまで陸軍を差配した閥であり、その中心的人物が山県であったのだから、この二人の親交によって鷗外の側には良きにつけ悪しきにつけ、なにかとことがおきるのである。

明治三十五(一九〇二)年、四十歳のとき、東京陸軍第一師団軍医部部長となる。そうなるとこの栄転も「大戦学理」にまつわるものかもしれない。

一年余で別れた登志子は明治三十三（一九〇〇）年に結核で死亡する。その死を知って二年足らずの後に突然、十三年間近くの独身生活を終えて、鷗外は荒木志げと再婚している。先妻の死を知って再婚に踏み切ったのはなぜか。一応は登志子に対する思い遣りであろうし、また彼女については心情として完全には断ち切れていなかったのかもしれない。また長い独身生活を自ら求めて過ごしたことは、鷗外の女性観というものが、初恋の人、エリスとの悲恋、自分には最後まで納得し切れなかった、あの横浜港での別れの余波が、結局、彼の人生を通じて彼の心のどこかに、ひたひたと波打っていたのではないだろうかと思う。

また、鷗外には有名な遺書がある。そのなかに「余は石見人森林太郎として死せんと欲す宮内省陸軍皆縁故あれども生死別るる瞬間あらゆる外形的取扱ひを辞す森林太郎として死せんとす墓は森林太郎墓の外一字もほる可らす」とある。なんともその生涯とは正反対の反権力、反権威の精神が溢れているとしか思えない。なぜか。その死に際して鷗外は初めて、権力も権威もいらない作家であったことを自ら認めたのではないのか。数多くの作品こそ自分なのだと言いたかったのか。そんなふうに思える。

この遺言碑は現在、三鷹市禅林寺ほか二か所にある。

「舞姫」が自伝小説であることは、まず間違いない。この作品の太田豊太郎は大学法学部卒の官吏としてドイツ留学しているが、これは鷗外自身のことである。一方、エリスは貧しい洋服仕立屋の娘で踊子ということになっており、懐妊しているエリスが太田の帰国を知り、半狂乱となり、「我が豊太郎ぬし、かくまでに我をば欺きしか」と叫び、小説は終わっている。

さて、これから書くことは現実にあった事柄なのである。

明治二十一（一八八八）年、二十六歳のとき鷗外は帰国する。その四日後に、エリーゼ・ヴィーゲルト嬢（エリス）が横浜に着き、ホテルとして築地静養軒（西洋軒）に入る。しかし小金井良精（鷗外の妹の夫。鷗外と同じときにドイツ留学した軍医）を初め多くの森家の人たちの反対に遭い、約一か月の後に虚しく日本を去る。

当時のヨーロッパの娘が、東洋の外れの国、しかも日清戦争の六年も前であり、ヨーロッパ人のほとんどが日本などという国を知らなかったであろうそんな時代に、よくぞ五十日の不安な一人旅をしてまでして鷗外に会いにきた。これは二人の愛の深さを物語るものだとしか言いようがない。ちなみに当時のベルリン―マルセイユ―横浜までの二等旅費は八百円ほど。鷗外の一年間の出張費が一千円であったそうだから、この旅費は大変な額である。このことからしてエリーゼは貧乏仕立屋の娘などではなく、金持ちの娘であったのではないのかという説もある。

エリーゼの離日に際して、鷗外と小金井は横浜まで見送りにいっているし、彼女の一か月の滞在中に、その宿舎、静養軒にもたびたび鷗外は訪ねている。また明治三十九（一九〇六）年出版の鷗外の『水沫集』に「舞姫」について「小なる人物の小なる生涯の小なる旅路の一里塚なるべし」と忘却し得ぬ心情を綴っている。

また米倉亮氏によれば、軍医を辞任した五十五歳のとき、ドイツ人シェルコフ夫人がドイツで鷗外撰集を出したいので「舞姫」の翻訳の許可を求めてきたが、彼は「この作品には自分としても種々な感情もあり、芸術的良心が許さないので」と断っている（東京都医師会雑誌三十九巻四号）。一つには、エリーゼおよびその縁者が存命である可能性を考えての断りであったのかもしれない。また、彼が死の床についた大正十二（一九二三）年七月、妻、志げ（茂子とも書いてある論文もある）に、エリーゼの写真と昔の手紙をすべて焼き捨てるように頼んでいる。これらの事実を見ただけでも、彼のエリーゼへの思いは年とともに磨かれ、忘れ去り得ない美しい存在として、彼の心をますます大きく占めていったことが想像できる。それらの彼の心情が、その人生観や作品に大きな影響を与え続けたであろうことは当然だと思う。

鷗外が軍医という重要な仕事のなかでも文学を捨て切れなかった一つの原因も、エリーゼ事件が大きな要素であったと私は思っている。

鷗外には納得のゆかぬ小倉転勤、そして日清・日露戦争での出征、その間での志げとの再婚、長女、茉莉の出生など、落ち着かぬ時代を経て、四十四歳のとき（明治三十九《一九〇三》年）に帰還し、第一師団軍医部部長に復職、その翌年には陸軍軍医総監となる。

また明治四十五（一九〇九）年、明治天皇の崩御と御大葬当日の乃木将軍夫妻の殉死ということが、鷗外には大きな衝撃であったようである。

この軍医としての最高位に就いてからの鷗外の文学活動は大変に精力的であり、彼が六十歳で亡くなる年の「奈良五十首」までの著作の八割が、この十五年間に書かれており、作家としては絢爛期である。現役の軍人として文学博士の称号を受け、慶應大学文学部顧問にも就任している。もっとも彼は五十四歳のときに陸軍を辞している。

鷗外の死は大正十一（一九二二）年七月九日で、その翌年に関東大震災があり、明治文化も大正デモクラシーも消えてゆく時代になるのである。その狭間での鷗外の死は、なにか暗示的でさえあるように思える。

彼の死因は腎萎縮と言われている。そうであれば当然血圧も高かったであろうし、浮腫もあると彼は日記に記し、そのために歩行もままならず、馬に乗り、帝国美術院院長の仕事に出向いたとある。この病が不治であることは鷗外自身、当然知っており、一切の治療を受けなかった。

なにか自虐的に、一人でこの難病の苦しみを耐えていたとしか思えない。前にも書いたが、そんなときにエリーゼとの手紙を焼くように妻に頼んでいる。ついに死を悟るときとなり、それまでに心の一隅を占めてしまっていたエリーゼの幻影を消し去ろうとしたのだろう。

鷗外には沢山の作品があるが、私がなにかにつけて思い浮かべる小説の一つに「高瀬舟」（大正五年）がある。

徳川の頃、島流しの刑となった罪人が、夜半、京都から大坂まで小舟に乗せられて高瀬川を下っていくその舟中での同心（護送人）、庄兵衛と罪人、喜助とのかぼそい声の会話を主題にしている。喜助には弟がおり、二人は乞食同然の生活で、町のなかを流れる川原に粗末な小屋掛けを作り、住んでいた。弟は病弱で働けないため、兄に迷惑がかかると、兄のいぬ間に、小屋のなかで包丁を首に刺し自殺を図る。そこへ兄が帰り、包丁を取り上げようとしたが取れず、弟は包丁が気管を塞ぎ、息もできず苦しいから、早く殺してくれと手真似で訴える。そのとき、普段は食べ物などを運んでくれる近所の婆さんが来て、兄の弟殺しと見なし、お上に訴える。

静まりかえった川面を流れる、夜の高瀬舟のなかで、そんな喜助の話をしみじみと聴き、庄兵衛は考え込んでしまう。この純朴な喜助には『自分より上の者の判断に任すより外はないという念、オオトリテエ（権威）に従う外はないという念があるのだろう。庄兵衛もお奉行様の判断をそのまま自分の判断にしようと思ったが、どこやら腑に落ちぬものが残っているので、なんだかお奉行様に聞いてみたくてならなくなった。……そして更けゆく朧夜に、沈黙の二人を乗せた高瀬舟は黒い水の面を滑って行った……』

この作品のなかにも、権威に流されて、エリーゼを捨ててベルリンを去ってしまったことへの、悔恨が見えるように思える。

また、「高瀬舟縁起」という小文の中で、

『いまの道徳は致死量の薬を与えておきながら、多少でも死期を早めさせてはいけないと言う。しかし医学社会にはこれを非とする論もある。すなわち死に瀕して苦しむ者があったら、楽に死なせてやるがよい。これをユウタナジイという』

つまり当時から鷗外は安楽死を認め、その提議のために「高瀬舟」を書いたのかもしれない。

この作品はしみじみとした、考えさせる芝居の一幕を見るような気分にさせる。深夜の静まりかえった川面を滑る小舟の情景と小声の会話が、幾度となく私の脳裏に描かれてしまう。

平成八（一九九六）年四月

小泉八雲・雑感

私はこの三、四年、漠然とではあるが、ラフカディオ・ハーン——その昔、日本に帰化してしまうほどに日本を愛した作家——小泉八雲について関心を持ち始めた。

彼の五十四年間の人生を想うと、まさに数奇な生涯であったとしか言いようがない。そしてその人生の歩みのなかに貫かれていたものはいったいどんな「心」であったのだろうか。その彼の思索の流れの一端でもよいから、私なりに理解してみたい。そんな気持ちでハーンに興味を抱き出した。

彼は一八五〇年の生まれ。その年を日本の歴史に照らすと、その三年後にアメリカのペリー艦隊が浦賀に来ている頃なのだ。その後、明治が始まるのは一八六七年。そして彼の来日は一八九〇（明治二十三）年。日清戦争の始まる四年前であり、その後十四年間の滞日生活をし、一九〇四（明治三十七）年日露戦争の始まった年、新宿・大久保の自宅で心筋梗塞のために亡くなっている。五十四歳であった。仏式の葬儀が行われ、東京・雑司が谷霊園に埋葬されている。

彼の歩んだヨーロッパ、アメリカ、西インド諸島、そして日本での生き様を見てゆくと、自らを律する自己主義者であり、自我を持ち続けながら、その反面、孤独を愛したロマンチストであったと思う。そのことは、後で触れなければならぬエリザベス・ビスランドという女性との間柄などを通じてもよくわかる。

一方、頑ななまでの自己主義、例えば当時、西インド諸島などでヨーロッパ文明を背にしての強引な布教を続けるキリスト教に対する、ハーンの新聞での批判記事の厳しさを見てもそう思う。それらの島々の製糖工場で働く青少年の黒人労働者に対して、彼らのアフリカから持ち込んだ素朴な宗教を、キリスト教本位の見方で見てまったく無視をして接していた宣教師の態度に、ハーンは驚き失望もしているのだ。このことについては後でまた触れることとなるだろうが、ハーンが島の、色の黒い先住民や労働者に対してのキリスト教の伝導に反対したことを現在でも、キリスト者の立場の人は人種差別であったという人もいるが、私に言わせればハーンは伝統のある素朴な多神教の住民にヨーロッパの宗教を押し付けることこそが許せないとしているのであって、人種差別の意味が違うのではないだろうか。

つまり、ハーンの大雑把な人間像としては次のパターンから成り立っているのではないか。現実の社会からいささか遊離したロマンチスト。そして自らの考えに固執した自己主義者。そして自ら望むと望まざるとにかかわらず、孤独癖を背負ってしまった人であった。晩年になって、初めて、日本で安住しうる家庭で家族に囲まれての生活をし、その作品もヒューマニスティックなものが多くなっているように思われる。

それはさておき、作家として記者としてアメリカで名を成しながら、当時、東洋の片隅で西洋文化のほとんど浸透していない日本を訪れ、そのまま自分でも予想もしていなかった島根県松江中学の田舎教師としてあっさりと赴任してしまうその行動の激しさ。そして後には日本人の小泉セツを娶り、小泉八雲を名乗り、ついには日本に帰化までし、死ぬまで日本を離れることなく五十四年の生涯を、恐らく納得して終える。この人の人生の軌跡を見ると、その根底には欧米の文化、文明、宗教には染まりたくはないという、一途な想いがあったのは確かだと思う。彼のその反骨的精神の源は何から来ていたのか、単なる文明嫌いでは説明はつかないだろう。死ぬ少し前に息子一雄の渡米留学を画策しているし、いちがいに西洋文化嫌いではなかったはずだ。しかし自分自身のこととなると、その反骨が頭をもたげ、それが凝縮していって、ついには日本に永住し、帰化までしてしまったのか。そのあたりのことが、もう一つ私には釈然としないことでもあるので、彼の人間像が浮かんでこなかったのだと思う。

私が小泉八雲なる作家を知ったのは、中学時代、日米開戦の前後、昭和十六（一九四一）年の頃、青山学院中学部の四年生のときか。通学道の渋谷宮益坂上、たしか交番の隣に文庫本を並べていた本屋があった。そこで岩波の文庫本、小泉八雲著『怪談』を買った記憶がある。この本には幾つかの日本の民話、妖怪話などからの再話が載っていた。なぜだかそのなかの「耳なし芳一のはなし」だけが、今でも私の頭に残っている。この話がそれまでに聞いたことも読んだこともない、まさに怪談、怨霊の世界のことだったからかもしれない。ともかく、これが私のハーンとの出会いであった。ラフカディオ・ハーン、または小泉八雲といっても今の若い人たちはその作品をあまり読んではいないようなので、取りあえず前出の有名な作品「耳なし芳一のはなし」の概略をここに書いておく。こんな話を書いた人と知れば、ハーンについて興味を持つ糸口になるかもしれない。なお、最近私が読み直したのは、平井呈一訳である。アメリカでの「怪談」の出版は一九〇四年とある。

この話は今から七〇〇年（本文のまま）あまり前の日本の伝承話からの再話である。
さて、壇の浦での源平最後の決戦で平家は敗れ、その一門は幼帝、安徳天皇ととももにことごとく海底に消えた。その後、その付近では甲羅に人の顔を見るような不思議な蟹が沢山現れ、それは平家一門の怨霊が蟹に化けた「平家ガニ」と言われ出した。また「鬼火」といわれる青白い光を放つ浮遊物が、群れをなして闇の波間を漂い、小舟や人を海底に引きずり込んだりした。これも平家の怨霊のなせることと、当時、赤間が関（今の下関）に阿弥陀寺を建てて平家一門を供養することによって「鬼火」も次第に見られなくなったとか。

そして六〇〇年ほども前のこと、寺の近くに少年の頃から師匠を凌ぐと言われている、盲目の琵琶法師、芳一がいた。阿弥陀寺の和尚に請われて寺に住むようになったが、ある晩、和尚が法事で寺を空けたとき、芳一は一人、寺の縁先で琵琶をさらっていたが、夜も更けたころ、荒々しい足音を耳にした。その後突然、厳しい大声で「芳一」と呼ばれ、「わしのご主人はさるやんごとなきお方、このたびご当地、赤間が関に御逗留のみぎり、上はおぬしの合戦の語りをご所望ゆえ、これよりわしに従いお館に参上せよ」

芳一はやむなくその男の後について草むらの小道をゆくと、お館らしき大門を開く音がし、屋敷内に入り大広間らしきところに進むと、多くの男女の話し声が聞こえたが、そのざわめきも止まり、「壇の浦合戦の段を語りなさい」との強い声がした。芳一はこんな高貴な人たちの前での語りに感激しつつも謡い終えた。

館を退出するときに「明晩も同じ時刻にこの続きを聴かせることと、今夜のことは一切他言はならぬ」ときつく命じられた。

翌晩も昨夜と同じ荒い声の者が迎えにきて、館にゆき、再び弾唱し、貴人たちの絶賛を得て芳一は寺に帰ったが、この夜は寺を留守にしたことが露顕してしまっていた。

その翌朝、和尚は芳一に昨夜の出先を問いただしたが、芳一の返答には実を明かそうとしない様子が見えており、「これはただごとではない。なにか魔性にとりつかれ、たぶらかされているのではあるまいか」と疑った。和尚は寺男たちに今夜は芳一から目を離さず万一出てゆくようなことがあったらついてゆくようにと告げた。

その晩、芳一が寺を抜け出すのが見え、寺男は提灯を点けて後を追ったが雨の降り出したなか、今までにない芳一の早足にはついてゆけず見失ってしまい、やむなく阿弥陀寺のほうに戻ってくると、そこの墓場では鬼火があちこちに燃え騒ぎ、そのなか、なんと安徳天皇の陵《みささぎ》の前に端座して琵琶をかきならしている芳一の、幻のような姿を見つけたのだった。

寺男たちは口々に「芳一さん、芳一さん、おめえさま、化かされてござるだ」と大声で芳一に告げたが、芳一は「邪魔だてひろぐと、容赦はならぬぞ」と怒り出す。男たちは力ずくで芳一を引き立てて寺に戻った。

芳一は寺に帰り、落ち着きを取り戻すと和尚に一切を話した。

和尚は「これというのも、そなたの琵琶が、あまりにも優れているばかりに、このような不思議な危難におうたのだ。お前の夜ごとの宴はすべて妄想、一場の幻なのじゃ。そなたは、これらの亡者どもの念力に縛されておったのだ。今夜もその亡者は現れるであろうが、その前にそなたの五体に護符の経文を書き付けて進ぜようわい」と。そして夜の帳《とばり》の下りる前に芳一を裸にして、その体一面、足の裏にまで般若心経を書き付けた。

やがて昨夜のように芳一は縁先に座を占めた。闇も深まる頃、庭先のほうから足音が迫り「芳一、芳一」と例の太い力のこもった声がした。和尚からは一切声を出してはならぬときつく言われていた芳一は息を殺し身じろぎもせず、恐怖にかられながらも端座していた。やがて大声が縁先に近づき呟いた。

「おや、ここには琵琶があるぞ。だが法師の姿は見えぬ。だが耳だけが、二つ見える。しからば殿の厳命をば勤めたという証拠にここなる耳を」

と芳一の両の耳をもぎ取った。芳一はその痛さにも耐えて声を出さなかった。頸筋にはなにやら温かいものが流れたが、両手さえも動かさなかった。

夜が明けて芳一を見て和尚は「なんと、これは私の手落ちじゃ。耳だけには経文を書き忘れたのだ」と。このことがあった後、芳一の琵琶法師としての名声は「耳なし芳一」としてとどろいたとのこと……。

幾つかの話のなかで、私は妙に「耳なし芳一のはなし」だけが、六〇年近く過ぎた今も耳の底に残っている。背の低い赤松林の斜面に建つ庵とも言える小寺。その高い縁先に琵琶を置いて、黙然と座する芳一法師の姿。そんな情景を、当時心に描いたものだが、今でもその頃と同じ場景が私には蘇ってくる。よほど、この話が少年時代の私に強烈な印象を与えていたのだろう。霊魂の世界の恨みつらみの儚さを感じ取ったのだろうか。

そして、昔「怪談」を読んで、なぜ、ラフカディオ・ハーンという外国人が、日本の多くの民話のなかから、主に怨念や霊魂にまつわる話を集めたのだろうかと、私は不思議に思った。ハーンは少年時代は民話の宝庫といわれるアイルランドで育ち、その後、当時は黒人の多く住むアメリカ南部の町々、さらには大西洋に浮かぶ西インド諸島の先住民の中にも入り、民話を集め、そのなかから多くの作品を書いている。少年時代を過ごしたアイルランドの世界も、彼を民話に引き付けた大きな基の一つだと思う。

さて、ハーンについて少しばかり述べてゆく前に、私の乏しい知識でハーンの生い立ちと遍歴を記しておこう。

前にも触れたが、生まれは一八五〇年。父親はアイルランド人で、当時、英国陸軍軍医として英国の保護国であったギリシアに駐在しており、その地でギリシア人の娘と結婚してハーンが生まれる。その二年後にクリミヤ戦争が始まり、父親は戦場に向かうためギリシアを離れるが、それがハーンと父親との最後の別れであった。そしてハーンは母親とともに父の祖国、アイルランドに移る。

ギリシアの温暖な気候から、寒々しい陰鬱な風土のアイルランドに母親は溶け込めず、しかも宗教的にギリシア正教とプロテスタントの家族とでは肌合いが悪く、ハーンが四歳のとき、母親は一人ギリシアに帰ってしまう。その後、ハーンは生涯、母親とは会ってはいない。幼くして両親を失ってしまった惑いと、言葉にもならぬ悲嘆と孤独感。このことが彼の性格、人柄の一端を作る基となってしまったのはたしかであろう。

彼は父方の、資産家であるアイルランドの叔母の家に引き取られ少年時代を過ごす。夜は広い屋敷の二階のひと部屋に外から鍵を掛けられて寝かされたりし、闇のなかでの家では昼間には聞いたこともない不気味なきしむ音が、彼を恐怖と寂寞に落とし入れ、やがて幽霊、霊魂を感じ、幻想の世界のあることを知った。その後、神学校に進み、寮生活に入るが、宗教にはまったく興味を示さなかったようだ。

一八六五年頃、二年間、フランスに留学している。そのあたりの経緯はほとんど記録にはないが、このときに彼はフランス語を覚えたのだろう。

そのころ叔母の家は破産する。彼は天涯孤独の身となり、一八六九年、十九歳のときアメリカへの移民船に乗り込んでしまう。その後、彼はヨーロッパに帰ることは二度となかった。一八六九年から七七年まではオハイオ州のシンシナティ。そして八七年まではルイジアナ州のニューオーリンズに住み、さらに二年間、八九年までは西インド諸島のマルティニーク島で過ごしてニューヨークに移る。さらに一八九〇年四月にバンクーバーから横浜に上陸、亡くなる一九〇四年まで日本で過ごす。

彼が十九歳のときアメリカに渡り、生活を求めていった先は南部である。なぜ、東部に比べると当時は文明の及んでいない南の地であったのだろうか。しかも一八六九年といえば、四年間にも亘る南北戦争が終わってまだ四年も経っていないときである。ちなみにリンカーンの黒人奴隷解放宣言は一九六三年一月。当時の南部アメリカは言うまでもなく黒人解放反対の土地であった。解放は宣言されたが実際に実施されたのは三、四年後のこと。あの「風と共に去りぬ」の時代のすぐ後の頃である。

前に書いたようにハーンの父親はアイルランド人、母親はギリシア人であったが、浅黒い皮膚であったようだ。彼自身は体格も小柄で貧相であり、少年時代、遊んでいて太いロープが当たり左眼を失明していたことなどからますます社交性のない、人怖じのする性格になっていったのだろう。やがて成人し、自分はハーフであり、貧乏であることによる自己卑下の念が、ともかく彼を南部に向かわせたのだろうと思う。その行き着く先は前記のごとくシンシナティ、ニューオーリンズなどとなっていくのだ。

後年、日本に着いたときのハーン後ろ姿のスケッチ画があるが、それを見ると、肩幅は広いが背丈の低い、背を丸めた男がくたびれた背広を着て、LHの文字の入った大きな革カバンを左に提げ、右手にはボストンバッグを持って俯き加減で歩いている。大きな庇の帽子を被り、なんとも侘しい風体である。その頃、彼は記者としては名が知れ出していた頃なのだが。

実はハーンの来日は一八九〇（明治二十三）年で、アメリカの新聞社がスポンサーとなり、彼に日本見聞記を書かせるべく日本に派遣したものだった。横浜埠頭に着いたハーンの後ろ姿の画は、彼に同行した画家ウェルトンが描いたものだが、横浜に着くやいなや、二人は新聞社からの給料の差のことで喧嘩となり、ハーンは新聞社をあっさりと辞めてしまい収入をなくしてしまう。見知らぬ異国での行動なのだから、いかにもハーンらしい。

さて、職探しとなり、島根県松江の中学の英語教師の職を見つけ、姫路までは汽車、それよりは鉄道もなく人力車で中国山脈を越えて、彼にとっては理想の異境、「神々の国」出雲に入ることになる。

これらの一連の行動も、私にはなんとも場当たり的に見えて、初めて訪れた東洋の国でのこととはとても思えない。しかし、これもハーンの性格を知るうえで面白いことである。それと、彼の顔写真のすべては左眼の怪我の痕を見せたくなかったのだろう、必ず顔を左に向けている。沢山の人たちとの写真でも、そのポーズであり、その気の遣い方はなにか痛々しい。

話が前後してしまったが、話をアメリカに戻そう。

一八六九年、シンシナティに住み出したときはまったくの無一文であった。電報配達をしたり、下宿代が払えず追い出され、そこの手伝いとして働いたり、石炭運びをして家々を回り、食べ物までもらったりした。その後、印刷工場の主人、ワトキンと知り合い、可愛がられてなんとか生活もできて二年間を過ごした。暇を見つけては絵画、写真の展覧会を回り、本を読み漁り、文章を書いた。そんなときでも彼は空想の世界に浸れるロマンチストになり切って、文筆に浸っていた。

やがて震える手で、オドオドしながらその土地の新聞社に持ち込んだ原稿が高く評価され、定期的に原稿を送るようになり、社員として採用され、やっと生活も安定し、自分の生きてゆく方向が見えたと感じ出したようだ。

シンシナティで生活の糧を得たが、その後一八七四年に、ハーンはマティと結婚をしている。彼女の来歴については今でも種々な説があるが、白人と黒人とのハーフであったと言われている。「美しい娘さんであった」との記載もある。彼女もハーンと同様に早くから親を失い、苦難の幼年、少女時代を送ってきており、結婚したときは二十歳、ハーンよりは四歳若かったと。知り合ったのはハーンの下宿の台所で働いていたからであったが、彼女もまた自らの空想の世界に遊ぶことを語り、ハーンの共感を得ていた。

ハーンが病に倒れたときのマティの献身的な看護は、彼には母親と別れて以来の初めての温かい親切であった。また彼はアイルランド人であり、当時のアメリカ人が黒人に対して持つ差別感はほとんど持ち合わせていなかったのではないかと思われる。しかし、この結婚は長くは続かず二年間で終わる。いろいろな事情があったのであろうが、当時は白人と黒人の結婚は正式には認められていなかったし、マティがひどく金銭的にだらしがなかったことや、ハーンもまた、彼女の前では無口で気難しかったのも別れた原因であったようだ。

そしてハーンは一八七七年にニューオーリンズに移り、十年間住むこととなる。まず小さな新聞社で働き、四年後には大新聞デモクラット社の文芸部長となり、その地では押しも押されぬ作家、記者の地位を得てゆくのである。

一八八七年、生活が安定してくると、ハーンの放浪癖が頭をもたげる。キリスト教文化の深く入り込んでいない地、西洋文明の及んでいないところへの、憧れにも似た探究心をもって西インド諸島のマルティニーク島に出かけ、二年間滞在している。ここでの体験の一つは、一神教であるキリスト教には馴染まずに、古くからの土着的な素朴な信仰のなかでその伝統を重んじる島民の生活に、ハーンは強い共感を懐《いだ》いたのだ。そのようなことが日本への出発を促したと私には思える。来日は一八九〇（明治二十三）年四月である。

さて、この三、四年、折に触れて書店で見かけたラフカディオ・ハーンについての本を幾冊か求め読むと、必ず幾箇所かにエリザベス・ビスランド、またはウェットモア夫人という名が出てくる。そしてそのほとんどの本では、非常に理知的で美貌の婦人、世界で初めての婦人記者、当時のハーンの最高の理解者などの記述が主で、それ以上のことは書かれていない。それで、私もハーンの単なる親しい同業者ぐらいにしか考えていなかった。しかし、ハーンの死後、彼についての本を幾冊か彼女が出版しているのを知ると、単なる仕事仲間ではなく、それは友人以上の付き合いがあったのではないかと思ったりして彼女の存在が気になり出した。

そんなある日、私はぶらりと本屋の棚を見ていると工藤美代子著『夢の途上・ラフカディオ・ハーンの生涯〔アメリカ編〕』なる本を見つけた。なんとそのほとんどが、私の知りたかったビスランドについての記述であったのだ。ビスランドはハーンの死後二年経って『ラフカディオ・ハーン　その生涯と書簡』という二巻に亘る本を出している。残念ながら私の手元にはないが、工藤氏の本は私の関心のあったビスランドについての著書であり、私のハーンについての一つの謎に、明解な回答をしてくれたことはたしかだし、読み進むとやっぱりという感じであった。工藤氏の著書を主な頼りとしてハーンとビスランドについて私の感想を書いてみる。

ハーンとビスランドの関係は、やはり恋愛と言われるもののなかの一つのパターンであろうと私は思う。だが世に言う恋愛という言葉ではどうも説明がつかない。その昔の大正ロマンの残影でもある中河与一の「天の夕顔」を私は思い出したりして、この二人に当てはめて考えてもみた。

ハーンとビスランドとの出会いは一八八二年のニューオーリンズであったとされている。それ以前にハーンがその土地の新聞に発表した「死んだ恋人」という短編にビスランドが非常に感銘を受けていたのだが、前述のごとくデモラット社の文芸部長になった頃に二人の対面があり、彼女は間もなくその社の記者として採用されている。

背が高く色白で、大きな黒い瞳と黒い髪の美人であり、教養があり、理性的な人柄であった。彼女の評論や記事は多くの評価を得て、女性ジャーナリストの先駆者として名声を得るようになってゆく。

ハーンはこの十歳年下の彼女の活躍を眩しそうに見ていたが、一方、男としては何くれとなく気になる存在となっていったに違いないと思う。しかし、当時のハーンはビスランドを「優雅な猛獣」と言い、彼女は「汚れのない野蛮人か野生動物」と評している。これらの言葉が毒々しければ毒々しいほど、二人は逆説的な気持ちを懐いていたのだと思う。それはお互いに友情を愛情にまで育ててゆけば必ず、ともに自我の強い文学者である限りは何かと亀裂が生じるのではないか。二人はともに、ことにハーンはそれを恐れたのではないか。それと二人の過去の生活の違いもあったであろう。ハーンは生まれながらにして孤独と寂寥、貧困のなかで生きてきたが、ビスランドの家は南北戦争の敗者側であったとはいえ、それまでは誠に豊かな恵まれた生活のなかで育ってきたし、イギリスの名家の子孫であるという誇りもあった。南北戦争が終わったとき、彼女は五歳だったと思うが、いかに敗れた南軍側の一家であったとはいえ、南部では貴族的な家柄であったのだ。そのような環境で育って身に付いた思考、性格、毅然たる風格は、一生彼女のなかにあった。もちろん、南軍の敗戦は彼女に大きな生活の変化をもたらしてはいるが、それがかえって彼女を文筆家として社会に押し出した動機にもなっていたと思われる。

ニューオーリンズ時代から後、ほとんど同じ頃に二人はニューヨークに出ているが、その後三年の間、二人は作家としてジャーナリストとしての議論をしながらも、美しい友情と献身を互いに示していた。当時の二人を知る女性作家のニンナ・ケナードは次のように書いている。

「これほど素晴らしい男女の友情は稀だ。ビスランドは十歳年下なのに、その態度はどこか母親じみていて、彼を保護しようとする態度が見えた」

また「ハーンは生涯、ビスランドに対する思いを胸に抱いており、それは決して色の褪せない金鎖のようなものだった」と。そしてハーンは「彼女は絶対に自分の恋人にはなり得ない。それは悲しい、辛い、明確な確信」と話していたと書いている。

ビスランドがニューヨークから旅立ったのは一八八九年十一月。彼女は新聞社の企画での「世界早周りの旅」競争に出て、七十六日間で帰国する。一方、ハーンもスポンサーが付き、東洋での取材のため旅立ちアメリカを去る。バンクーバーから一八九〇年三月、横浜に向かう。つまり一八九〇年の一月が、彼らの最後の別れであったのだろう。

さて、ハーンが来日後、ただちに松江の中学校に赴任したことは初めに書いたが、その翌年の二月に彼は松江の士族の娘、小泉セツと結婚している。十八歳年下である。そしてハーンが亡くなるまで十四年間、当時の日本の家庭のように、ハーンを一家の主として支え、また彼もセツ夫人の両親の面倒をよく見ており、ハーンは初めて家庭の温もりを知ったのだった。そして彼の生涯で最も充実した文学作品の生まれたときでもある。その後、松江から熊本の第五高等学校に移ったのが一八九三年。その年の秋に長男、一雄が生まれている。さらに続いて、巖、清の男の子を得ているが、一雄が生まれた翌年、神戸の英字新聞社に移る。一八九六年には帰化が認められて小泉八雲と名乗る。

八雲という名前は、おそらく彼が初めて住んだ出雲の国、さまざまな色、形の雲が山間から立ち昇る神秘的な幻想「八雲立つ」に魅せられて付けたのであろう。帰化した年に東京帝国大学の英文学の講師となり、東京に越し、今の新宿・大久保に住む。そして東大には七年間勤めたが、彼の後釜をねらう男が現れて辞職する。その男は英国帰りの夏目漱石であったのも面白い。たしか漱石も五高で教えていたはずだから、何かの縁かもしれない。

ハーンの講義は独特のスタイルで、学生たちは美しい発音の、流れるような英詩を聴く思いであったと言われている。辞めるにあたり、多くの学生が慰留を願い出たが、後にその頃の学生がノートを持ち寄り英文の講義録を出版している。

一九〇四年一月に東大を去り、早稲田大学に移るが、それは当時、学生であった小川未明、野尻抱影、相馬御風などの招聘運動によるものであった。

残念なことにその年の九月に、心筋梗塞の二回目の発作のため自宅でセツ夫人と子供たちに見守られて亡くなる。五十四歳であった。

一回目の発作の後「たぶん、わたし、死にましょう」と書き、さらにセツに「かなしむ、わたし、よろこばないです。こどもとカルタしてあそんでください。わたし死にましたの、しらせいりません。もし人がたずねれば、はあ、あれは、さきごろ、なくなりました。それでよいのです」と言い残している。この死を見つめる心は何のてらいもなく、満ち足りて冷静である。感傷のかけらもない。ハーンの人柄が滲み出ていると思う。

さて一方、エリザベス・ビスランドについても少しく補足してみる。

彼女は一八八七年にニューヨークに出たことは前に書いたが、そこでは多くの有力紙や雑誌に評論や文芸時評を発表し、その名声を高めてゆく。

一八九〇年にハーンは日本に去り、またビスランドも彼の去った約一年後に弁護士であり大実業家でもある三十七歳のチャールズ・ウェットモアと結婚する。彼女は三十歳であった。そして文筆を一時中断し、富豪夫人としての役目をこなしてゆく。しかし日本にいるハーンからの原稿を、新聞雑誌に紹介し、掲載の労は取っているが、彼女からハーンへの手紙は在日十四年の間、三通しかなかったようで、ビスランドの結婚後の約十年間は二人にとっては空白の時代であった。

ハーンの没後ビスランドは富豪として貴婦人としての優雅さを持しながら、幾多の著書を著しているが、その三〇パーセントはハーンについてのものであった。彼女はまた夫とともに一九一一年、ハーンの亡くなる七年前に来日しているが、夫チャールズ・ウェットモアは長年の闘病の末、一九一九年に死亡している。

ハーンの死後、ビスランドは前述のように二年間で『ラフカディオ・ハーン その生涯と書簡』なる大著を出している。これは大変な労作であろうと思われる。なぜ十年も音信の途絶えていた人についての著作を、その人の死後ただちに書いたのか、ビスランドの心の奥が察せられる行為なのだろうか。

彼女はハーンの亡き後も大変な親日家として、大正天皇の御即位式にも招かれているし、そのほかにも二度も一人で日本を訪れている。彼女にとっては一つの「心の旅路」であったのか。そして出雲にも足を伸ばし、ハーンの旧居がまるで神社のように保存されているのを知り、驚き感激している。子供に恵まれず、家族のいない初老のビスランドはワシントンに帰り、ある手紙に「日本へのホームシックにかかっている自分を見つけます」と書いている。

ビスランドは一九二九（昭和五）年に六十七歳、肺炎により突然この世を去った。遺体はワシントン郊外からニューヨークに運ばれ、夫の眠る墓地に埋葬された。

ビスランドの生涯は、南北戦争後の一時期を除けば経済的にも恵まれたものであったであろうし、文筆家としても名を成しており、さらにウェットモアと結婚してからはまさに大富豪の令夫人となり、社交界の花形であった。しかし、その人柄は毅然としたなかにも優美さを秘めた貴婦人であったと、ハーンの死後、三度も来日した彼女に会っているハーンの長男、一雄は書き残している。

一方、ハーンはもの心のつく頃には両親と別れ、十九歳までのほとんどを寂寥としたアイルランドで育った後、移民船に乗り込みアメリカに渡った人。そして前述のように住み着いた先が黒人の多い南部のシンシナティであった。なんとか文筆家として食べられるようになったのは十年あまり後のニューオーリンズ時代であろう。生まれながらにして親の愛を受けられず育ったハーンは無口で控えめで社会に溶け込む術も知らなかった。彼が生まれて初めて人の愛情に包まれて生活したのは小泉セツと結婚してからであったと彼も認めている。それまでのハーンは孤独な流浪の人生であったのだ。

まったくの正反対の環境で生きてきたハーンとビスランドの二人が、十数年も会うこともなかったのに、なぜ目には見えない強い糸で結ばれてしまっていたのか。人間の心の奥底には秘められた、当人たちでも言葉にできぬなにかがあり、そのなにかが結び目をほどき切ることはできずにいて、その人の人生を左右してゆくのだろうか。そうとしか言いようがない。

人間は年をとると自然なるものへの哀惜が強くなるものなのか。沈みゆく西日を背に受けた富士山が、刻々と黒ずんでゆくのを拝む法師の姿を「富士見西行」という。私でさえも、そのような瞬時にして闇のなかに消えてしまう山々のシルエットを遥かに眺めると、思わず手を合わせたくもなる。

夫を亡くし、子供もなく、老境に達してきたビスランドも自然の風景のなかに身を沈めたくなったのか、自分の広い庭に約三〇〇〇の球根を埋め、数え切れないほどの木を植えて、春の来るのを待ち望んだ。ハーンも亡くなる前年にビスランドに宛てて「私は鳥や猫、虫、花、小さなものについての勉強をしなければなりません」と書いている。私ですら、この十年ほどは十月末頃からか聞こえてくる、あの命の終わりを告げるようなもの悲しい夜の虫の音を、たまらなく寂しく聴くようになった。命の終わりを知りながら歌う虫たちの哀れさが身に染みるのだ。来年の秋、私はまたあの音を聴くことができるだろうかと。

ここからは話が大きくそれる。

虫といえばハーンには「蟻」という作品がある。

書き出しは「いったい、キリスト教を奉じていない国の人たちのほうが、西欧文明を生み出した我々よりも倫理的には遙かに優れた文明を生み出している」というケンブリッジ大学博物誌のシャープ教授の論文（ハーンが引用しているのだから、この論文は今から百年以上前のものだろうが）の紹介から始まっている。そして「蟻たちは我々人間が知るよりも、遙かに共存生活の方法を知っている」「蟻や蜜蜂は経済的にも倫理的にも人類よりも進歩している。彼らの生活は徹頭徹尾、他を利するために捧げられているからだ」と。さらに「蟻の能力は個体の繁栄よりも、共存団体の利益のために生かされている」「蟻は利己よりも利他の生活をしている」などと書き添えている。なるほど、ハーンが今から百年も前に書いたことが、現代の西欧文化のなかで生活している人たちにも言えることではないかとも思えてくるし、これも興味あるテーマである。これがキリスト教とどのように繋がってゆくのかは、読む人によって異なるであろうが、蟻を語るときにまずキリストを持ってきたのはなるほど、ハーンらしいと私は思った。

蟻には二〇〇〇の種類があるそうで、それぞれ能力は異なるが、意外に長命でもあるようだ。そう言われてみると、私は子供のころ家の庭の黒土の上で、小さな死んだ毛虫がゆっくりと動いているのを幾度か見て驚いた記憶がある。目を凝らして見ているると、三、四匹の蟻が集まり、その毛虫の死体を一方向に運んでいるのだ。私が子供のころは働き者の代表は蟻さんと教えられていたので、蟻は皆で力を会わせて働いているのだと納得もしたものだった。

「蟻」という作品の初めに、前述のようなキリスト教を批判したところがあるが、しからばなぜ、ハーンはキリスト教嫌いになったのか。このこともハーンを知るうえでは重要だ。

それはやはり幼少年時代の侘しい生活環境と、さらには同じキリスト教でも異なる宗派のあることを、両親の思想や生活態度を見て体験したであろうし、その宗派の違いが一つの原因で、母親はまだもの心のつかぬ幼いハーンを捨ててギリシアに帰ってしまったのではないかと、彼はその後、成長するとともにそのように考えたであろう。キリスト教によって自分は孤児になった。幼いハーンにとっては釈然としないことがあったと思う。

キリスト教には仏教と同様、誠に多くの宗派がある。まずキリスト教会はこの宗教の元祖であるが、一〇五四年にカトリック会（ローマ・西方）と東方正教会（ギリシア正教・ロシア正教）に分裂する。その後、一五一七年にカトリックからプロテスタント（新教）は分かれている。つまりマルチン・ルーテルの宗教改革である。その後もカトリックから英国国教会（聖教会）が分かれ、以後も多くの宗派がそれぞれに分離してゆく。であるから一口にキリスト教といっても多種多様である。

前にも触れたがハーンの父親はアイルランド人であるからカトリックであっただろうし、母親はギリシア人であれば当然ギリシア正教の信者であろう。ハーンはあまりにもかけ離れた両派の違いに、幼いながらも大変な戸惑いがあったと思う。つまり同じイエス・キリストただ一人を信ずる一神教であるのに、なぜかくもそれぞれの宗派で祭事の形態が異なり、キリストに対する見方も異なり、自分の宗派に固執して、絶対に妥協しない頑なさを、幼いハーンは理解し切れなかったに違いない。私の見方はいささか雑かもしれないが。

私も青山学院中学部で五年間、学生の義務として毎日礼拝に出席していた。今思うと「神」という言葉を身近なものとして考える発端を作る機会であったので、大変にありがたいことであった。もちろん、青山では信仰を持てとは教えなかった。ただあの五年間で先生方の祈りの言葉が、いつも神への甘えの言葉ばかりであるような気がしていたのはたしかで、当時、私はどうも神様を自分の都合の良いように頼りにしているのではないかと、思ったりしたものだ。

宗教とはもっと厳しいものなのではないだろうか。今なお続く世界各地での宗教を因《もと》にした戦い、ことにカトリック系のアイルランド共和軍「IRA」とプロテスタント政党「UUP」との終わりなき戦いは、我々日本人にはわからない宗教の厳しさを示している。つまり、宗教とは一般的な人の理性では納得することができない、「そんなことがあるはずはない」という常識を乗り越えたうえでの、感性によって信じるものなのではないか。理性では信じられないことが、自らの感性が研ぎ澄まされてゆく課程で信仰が生まれるのではないだろうかと私は漠然と思っている。それは、まさに個人的なことなのだ。周りの人の入る隙はないはずだと考える。

私はハーンの気持ちが少しわかるような気がしてきた。キリストが神話の人ではなく実在の人間だからこそ信仰するのだという信者の気持ちはよくわかる。少しでも利他的に世の人のために尽くしたい。そのためにはわずかでもキリストに近づきたい。

　これは身を削るほどの、自らのなかに潜む欲と悪、利己心に対しての戦いを経なければ近づけないのだ。苦悩のなかからしか信仰は生まれないと私は思っている。

　十字架を背負い、磔《はりつけ》の刑に処せられた人に奇跡が起こり生き返った、キリストにはそのような奇跡を起こす絶大な力があるのだ、ゆえに神なのであると。理性的には考えられないことである。

　ハーンもキリスト教宗派間の大きな異なりや、その間の争いにも納得できなかったであろうし、奇跡的に生き返った人間を神としたことにも納得できなかったのではないだろうか。

　福音書のなかのイエスの言葉とされているものは、実際に彼が話した言葉なのだと唱える宗派もある。イエスは人間であるのだと。

　日本の神はその数は限りない。そしてすべて神話の世界である。伝承されている物語のなかにも神様は出てくるが、その神は人間なのかどうかは誰も問題にしない。ハーンが日本の民話を好きになったのも、その大らかさにあったのかもしれない。

　　　　平成十二（二〇〇〇）年十二月

II 随筆

映画の話、思い出すままに

私は大変に映画が好きだった。昭和十三年頃、つまり十三歳くらいのときから戦後にかけて、一週間に一本は観ていたような気がする。そのほとんどがアメリカかフランスものであった。

ゲーリー・クーパー、クラーク・ゲーブル、スペンサー・トレイシー、ロナルド・コールマン、タイロン・パワー、エロール・フリン、トーマス・ミッチェル、ポール・ムニ、シャルル・ボワイエ、ダグラス・フェアバンクス、ジェームズ・スチュワート、ジーン・ケリー、ドナルド・オコーナー、ケーリー・グラント、フレッド・アステア、ジャッキー・クーガン、ジャン・ギャバン、マーロン・ブランド、ハンフリー・ボガード、ジョン・ウェイン、ウィリアム・ホールデン、ダニー・ケイ、ビング・クロスビー、フランク・シナトラ、アンソニー・クイン、ジャン・マレー、チャーリー・チャップリン、そして女優さんではジーン・アーサー、アンニイ・ドュコー、クローデット・コルベール、マーナ・ロイ、ジンジャー・ロジャース、ディアナ・ダービン、ビビアン・リー、ジーン・ハロー、ダニエル・ダリュー、イングリット・バーグマン、ソフィア・ローレン、ラナ・ターナなどなど、これらの書き並べた俳優さんの顔は今でも鮮明に思い出す。本当に懐かしい名前と顔である。

私が初めて観たのはアメリカの「キング・コング」という怪獣映画だったような気がする。昭和七年頃だろうか、親父が浅草の大勝館にまで連れていってくれたのを覚えている。大きなゴリラがエンパイア・ステートビルを蹴散らすのだから、子供心に息を呑んだものだ。その頃、新宿の武蔵野館で「マルガ」という猛獣の記録映画を見たが、これはたしか活動弁士の話付きであった記憶がある。

本格的な映画を観たのは小学校四年くらいだったか、母親に連れられて有楽町の銀座松竹館へ行った。戦後ピカデリー劇場となったところで、パール・バックの「大地」という難しいのを観せられた。たしかポール・ムニの主演で陰惨な中国の農民生活を知り、ショックを受けたものだ。なぜ母があんな難しい映画を子供たちに観せたのか、今でもよくわからないが、多分母がどうしても観たかったのだろうと思う。あの空が真っ暗になるほどのイナゴの大群、旱魃のために脱水した農民が、田んぼの土を頬張るシーンなどは忘れられない。

中学に入った頃からは、映画はもっぱら母と観にいった。母も映画が好きで、大抵は日曜日の午前中、父が朝早くゴルフに出掛けるので母は私を連れて新宿に出たのである。ときには毎週のように行ったものだ。帰りには当時の帝都座の地下にあった「モナミ」という洋食屋で海老フライなどを食べて私は大満足であった。

私の好きな俳優はゲーリー・クーパーで、彼のものなら、どんなつまらぬものでも観た。なかでもジーン・アーサーとの共演の西部劇「平原児」は忘れられない。ラストシーンは田舎町のバーで卵入りのシェークした酒を飲んでいるときに、後ろから撃たれてジーン・アーサーの腕の中で死んでしまう。クーパーは背が高くてどこかモッサリしていて決して演技派ではなかったが、なにか素朴な人間味があった。アメリカではまったく人気がなかったのに、日本で大当たりしてからアメリカでも人気が出たのだそうである。その頃「マルコポーロの冒険」などがあったが、面白くなかった。クーパーの最後の映画は「真昼の決闘」か、これはもちろん戦後のものだが、その音楽とともに名画であろう。

女優ではジーン・アーサーだが、最後に観た映画は「シェーン」だったと思う。この人は都会的なものも良かったが、なによりこの人の声が、なんともいえないハスキーなもので、私は好きだった。外国映画をいつまでも字幕スーパーで上映しているのは、世界中で日本だけだそうで、その昔、一時日本でも吹き替えにしたことがあったのだそうだが、日本の人たちはそれぞれの俳優の声でなければ満足せず、お客が来なくなったとのこと。日本の映画ファンはなかなかうるさかったのだ。

女性ではマーナ・ロイも好きだった。この人は都会派で、丸い顔と目が綺麗でコメディーっぽいところもあり楽しめた。「夕ぐれ超特急」などという探偵ものがあったが、これなどはとても日本では真似のできないシャレた映画であった。

戦後間もなく観たもので「我が生涯の最良の年」という真面目な映画があった。俳優の名前も忘れてしまったが、復員してきた若者の苦悩と人間の愛情を描いたもので、当時の日本の若者と変わらぬと思い、戦勝国でも人間は同じだと、共感と感動を覚えたのを思い出す。その頃のものではフランス映画、ジャン・マレーの「悲恋」がある。帝劇でロードショーがあり親父が切符二枚を持ってきて、「彼女と行ってきなさい」と言い、前のほうの良い席で見たが、本場のアルプスの景色は素晴らしかったが、なんとも寂し過ぎる映画で気持ちが滅入ってしまったのを思い出す。そして現実もまた悲恋であった。なんとも皮肉な話である。

音楽映画といえば昭和十三年頃か、「オーケストラの少女」があった。ディアナ・ダービンの名が一躍知れ渡ったものだ。彼女の美声に酔ったし、ストコフスキーの指揮ぶりにも感動した。チャイコフスキーやブラームスに親しんだのもこれがきっかけだったのかもしれない。音楽と言えば、戦後、ガーシュインの「ラプソディー・イン・ブルー」「パリのアメリカ人」がある。当時、聴き馴れていたヨーロッパのクラシックとはまったく異質な交響楽を聞き、感激とショックが入り乱れたのを思い出す。良い映画であった。さらにまた「雨に歌えば」なども楽しかった。私はジーン・ケリーよりもわき役のロナルド・オコーナーの踊りのほうが好きだった。踊りの身のこなしがリズミカルで軽やかに見えたからだ。

さて、邦画にも少し触れないわけにはゆかない。

戦災で焼けるまで住んでいた上落合の家の近くに「公楽キネマ」という小さな小屋があった。ほとんどが「新興キネマ」という会社のチャンバラもので、画面の間に会話などの字幕が入るという代物であった。山路ふみ子なる女優さんを知ったのもこの頃である。夜八時頃から割引料金で二十銭くらいで観られたような気がする。

本格的な日本映画を観たのは、長塚節の「土」で母と新宿の帝都座で見たのを覚えている。小杉勇と風見章子の主演で、監督は内田吐夢であったと思う。農民の苦しい生活の話であった。小杉勇は当時の渋い大スターで「五人の斥候兵」でも名を上げた人である。その頃、山本有三の「路傍の石」にも田舎の小学校の先生として出て、子役の片山明彦を引き立てた。「吾一、お前の名前は世界にわれ一人という意味なのだぞ」と諭す場面は忘れられない。監督は田坂具隆であったか。

その後松竹映画の全盛時代があり、佐分利信、佐野周二、徳大寺伸、水戸光子、高峰三枝子、田中絹代、桑野道子などが揃い、「暖流」などの名画が生まれた。一方、東宝映画は原節子、堤真佐子、入江たか子などがいて、少々都会的なものが多かったように思う。ロッパ、エノケンという喜劇役者もおり、楽しいものも観られた。以上はすべて戦前の話である。

戦後もいろいろあった。書き出せばきりがないが、印象に残るのは、阪東妻三郎の「無法松の一生」。たしか谷口千吉監督の第一回作品だったと思うが「銀嶺の果て」で三船敏郎が出ていたと思うが、後立山の雪景色が素晴らしかった。

この三十年ほど映画はまったく観ていない。仕事に絶えず追われていたし、人込みのなかに行くのも億劫だし、もしもつまらぬ映画だったら時間の無駄だと思ったり、それに年齢のせいでなにかを見ても感動がなくなってしまっている自分が寂しいからでもある。

私は若い頃、映画によって外国を見、それぞれの登場人物によって人間の美しさ、寂しさ、悲しさ、愚かさを知った。私の人生で映画から受けた影響は計り知れないと思う。
　多くの名監督、名優たちに感謝しなければならぬ。

平成四（一九九二）年三月

英国大使館　広報課御中

前略

突然に手紙を差し上げますが、よろしくご判読のほどお願い申し上げます。

私は六十七歳になる医者で、以前は外科医でしたが今は老人病院に勤めております。

私の父は鈴木文史朗と申し、一九一七年、東京の朝日新聞に入社し、一九四五年の日本敗戦のときに同社を退職し、その後アメリカの雑誌社、リーダーズ・ダイジェスト社に入り、日本支社長をしておりましたが、一九五〇年同社を辞し、参議院議員に立候補、当選しました。翌年、病を得て六十二歳で亡くなっております。

父は職業柄いろいろな文章を残しておりますが、父の死後、父の友人の方々が遺稿集として出してくださった本のなかに「スリング氏の悲しみ」という一文があります。

この文の概略を申しますと、一九一三（大正二）年父は東京外国語学校英語科の学生時代、夏休みに今で言うアルバイトで外国人旅行者の通訳をしたことがあり、そんなときにスリング夫妻にお目に掛かり、東京はもとより日光、東北の松島、さらには北海道までもの長い旅のお供をさせてもらっており、その間に英語を厳しく教えられ、マナーについても多くを学んだようです。スリング氏は歳の頃五十代半ば、夫人は十歳くらいは若かったようで、それだけに二十四歳の父をわが子のように「ブン」と呼び、愛され、最後に横浜で別れるときは三人とも涙に暮れたと書いてあります。

ご夫妻の日本旅行は新婚旅行であり、もう一つの目的はスリング氏の趣味の魚釣りにあったようです。日本を去り帰国の途についた夫妻はインドに立ち寄り、スリング氏がカシミア地方のアグラで虎狩り中に、麓で待つ夫人は伏在していた癌が急に破れて急死した、と父は書いていますが、私は癌は急性疾患ではないし癌に罹患していた夫人が、当時の東洋の旅という大旅行を続けていたとは信じられないのです。恐らく癌ではなかったのではないでしょうか。そして父はインドからのスリング氏の手紙で夫人の悲報を知るのです。

さて、父は一九一九年、朝日新聞の特派員としてベルサイユ講和会議に参ります。その仕事の合間にスリング氏を訪ねるべくドーバー海峡を渡り、ロンドンから三時間、汽車に乗りエセックスのリトル・ダーモンという、当時は僻村であったであろう村に着き、スリング氏の出迎えを受け、六年振りの再会を果たすのです。そして夫人の遺骨が安置されてある教会に参ります。父の文章には「スリング氏の住まいから遠からぬグレート・ダーモンの教会、英国特有のゴシックの古い建物を入り、礼拝壇の左側の窓の一つの下に場所を設けて、遺骨の甕がそのまま置かれてあった。夫人の顔にかたどった聖メリーとスリング氏の顔にかたどった聖ジョージの大きな立像が、そこの窓に描かれてあった」とあります。
七、八年前になりますか、私の友人、大野清氏（父上は以前、駐英大使）がロンドンに勤務されていたときに、この教会を探してもらいましたがわからなかったとのことでした。私は今でもこの教会の窓に、大変に仲睦まじかったご夫妻の記念の絵が残っていてくれることを祈られずにはいられません。
大変に前書きが長くなりました。

父の文章の最後にあるのですが、日光から中禅寺に向かうところに日英両文で銘を刻んだ碑が建っていることを記します。そこには、

IN MEMORY OF MRS. ANNIE C. THRING
WHOSE DEEPEST SYMPATHY WAS AROUSED BY THE SUFFERINGS OF THE PACK - HORSES ON THIS ROAD. THIS STONE IS INSCRIBED IN THE HOPE THAT TRAVELLERS AND DRIVERS WILL SHOW GREATER KINDNESS TO THE ANIMALS LABOURING FOR THEM.

この英文の下に古めかしい文体の日本語に訳したものが、刻まれています。

これらの文章はスリング氏が書いたものなのか、それとも父が委託を受けて書いたものなのかは、父の文章からは知ることはできません。私の想像ではスリング氏が帰国後に父にお金を送り、生前に夫人が日光のいろは坂で鞭に打たれながら急な坂を登ってゆく、馬たちの哀れな姿に悲しみを覚えていたことを父に告げ、日本での動物愛護精神の向上を促すためのものであったのだろうと思います。この石碑の建立は大正二年十二月と書かれています。なおこの石碑のほかにスリング氏は日光の警察にお金を送り、馬の怪我に対しての薬代にしてくれるように頼んでいるのです。

私は二十年以上前に、私の友人の父親が日光に住んでおられたので、この石碑を探してもらったところ幸運にも見つかり、私も日光に出向いたことがあります。当時は道から少し奥に入った草むらの中にあったと思いましたが、先日、行ってみましたら日光からいろは坂に向かう旧道、古河記念病院の少し先、荒沢橋手前の右側、ガソリンスタンドの横に建っており、二十年前に比べると石も傷み、ことに英文が読みづらくなっていました。残念なことでした。そのとき、近所の人の話では、昔から日本語と英語で書かれた馬頭観世音（馬の守り神）とは珍しいと言われていたのだそうです。

そしてこの石碑について最近日光市の教育委員会で出している、小学生用の副読本

『わたしたちの日光市』に記載されていることを知り、その足で委員会を訪ねました。学校教育課長にお会いし、この石碑の由来を簡単に話してきましたが、今までは調べようもなかった、とのことでした。

八十年前に心の優しいスリング夫妻が、日本の村で動物愛護を訴えて石碑まで建てたことは誠に心温まる行為ですし、簡単にできることではありません。英国人の動物愛護は有名ですが、八十年も前にその種を日光に落としており、そのことに私の父が関わっていたのですから、私はその石碑に大変な愛着を覚えるのです。

将来、日光と私の見知らぬ町、ダーモンとの何かの絆になってくれたならば、などと思ったりして、こんな手紙を書いた次第です。

なにかのお役にたてば幸甚です。失礼いたします。

なお、この四月に石碑を訪ねたときの写真を一枚、同封いたします。

1993.5.8 TADASU SUZUKI

私の歩んでしまった医療人生

この歳になっても、私は自分で執刀している手術の夢を見て、冷や汗をグッショリかいて夜半に目覚め、しばらくの間心臓の鼓動が鳴り止まぬことがある。

私は二人の助手の前に立ち、上腹部の腫瘍を取り出そうとしている。長い時間が過ぎてもなかなかその腫瘍にまで到達しない。やっとの思いで拇指《ぼし》頭大の膵頭部の腫瘍を摘んだときに、腹腔で細い水道管に小さな孔が開いたような微かな水漏れの音が聞こえる。みるみるうちに腹の中に血液が溜まる。助手が懸命に吸引器で血液を吸い出す。

「血圧は?」

「出血量は?」

「輸血を一〇〇〇追加して」と声高に言う。

滑ってはつかめないので素早くゴム手袋を外し、膵臓の裏側に素手で指を入れる。

指先にたしかに弱い水圧を感じる。親指と人差し指でそこを摘まむ。

「わかった、ここだ」

皆が一瞬ホッとした顔をする。

「俺が五分間、摘んでいるから腹のなかを綺麗にしてくれ。血圧は七十以下にするなよ、どんな動脈でも十五分も摘んでいれば止まるものさ」

と私は努めて明るく言う。しかし口はカラカラで声にならない。
二、三分も摘んでいると指先が痺れてきて力が入らなくなってくる。
「先生、代わりましょうか」

助手の医者が言う。

「今が大事なときだ、もう少し頑張るよ」

「鈴木先生、五分経ちました」と器械出しの看護婦が、壁の時計を見上げてかすれ声で言う。

今のところ押さえていればなんとか止まっているようだが、指の力がなくなり痺れてきた。そっと離すとまだ出血は止まっていない。どうしよう、こんなことで死なせてはいけない。手術場の全員が私の顔を押し黙って見つめている……。

ああ、夢でよかったと目を開け、私は早く医者を辞めたいと思ってしまうのだ。

私は昭和二十五年、第八回の医師国家試験で医者になった。昭和十九年に東京医専（現在の東京医大）に入り、五年間の学生生活を終え、さらに一年間のインターンを河北病院で過ごして国家試験を受けたのだ。二年生のときの八月、日本は戦争に負けた。その日、私はこれで死ななくてすんだと心底から思い、医学校を退学しようと考えた。

私はもともと医者にはまったく向いていない性格だとわかっていたし、今でもまだそう思っている。私が医者の学校を受験したのは父の説得によるところが大きいが、私の心のどこかに医学校に入れば兵隊に行かなくてすむ、つまり死ななくてすむだろうという、当時とすれば誠に卑怯な恥ずかしい気持ちのあったことも事実であった。

昭和二十年五月の空襲で落合にあった私の家は焼けてしまったが、十七年頃からの日記は防空壕に入れておいたので今でも私の手元にある。

先日、その頃のものを少し読み返していたら、昭和十八年十二月二十四日に、徴兵は十九歳に下がり、文科系の学生の徴兵延期はなくなったと新聞が報じていると日記にあり、文科系しか望まなかった私には来年は二等兵、つまり死であろうと記してある。その年はガダルカナルの逃げ戦から始まり、アッツ島の山崎部隊、マキン・タラワ島の柴崎部隊の玉砕、山本元帥の戦死、国葬。学徒出陣、まさに日本が津波に晒され、押し流され始めた年であった。

みたみわれ　生けるしるしあり　あめつちの　さかゆる国にあえらく思えば
そんな万葉の歌が頭のなかを駆けめぐり、こうなれば死と対決してやろう、「生きることとは死ぬことと見つけたり」と葉隠れの言葉を、いささか乱暴な文字で書いている。

私は兄弟三人の次男、兄は海軍の予備学生となったので、父は兄は死ぬものと思っていたのだろう。両親との大激論の末、私は医学校受験を承諾した。「人の命を守る仕事こそ国のお役に立つのだ」と母は言っていた。当時はもう医学校だけしか徴兵延期を認められていなかった。

幸か不幸か私は東京医専に入ってしまった。この学校の受験科目が変わっていて、医学校なのに生物、化学はなく、英語、数学、漢文、国語、作文などであったのだ。当時の校長は佐藤達次郎先生で入学式の祝辞で「医者に必要なのは文科系の頭である。化学や生物はこれから教えます」と話されたのを覚えている。私は「なるほどな」と思った。この先生はその後、順天堂病院に戻り医学校を造られた。

私が医学校に入ってから、それまでの友達の多くは軍隊に取られていった。毎日のように東京駅や上野駅に送りに出かけ、気が滅入った。勝てない戦争に兵隊として行かねばならぬ友達の気持ちを思うと、ただ医学生であるがために出て行かなくてすむ自分、徴兵忌避のために医者への道を選んだ自分がひどく利己的な情けない人間に思えてならなくなった。私が医者になったのは、深く医学を研鑽し、立派な医者になりたいためではなく、当時とすればなにか非国民的な、不純な気持ちでなってしまったのではないか。そんなことをしてしまった自分に対する恐れ、良心に対する負い目とも言えるものが、正直に言って今まで続いてきてしまっている気がする。

日本が戦争に負けたとき、私と同じような気持ちで入学していた仲間の数人は学校を去っていった。私も退学しようと思い父に言ったが父は「せっかく、医者の学校に入ったのだから卒業だけはしておきなさい、お前のなりたい新聞記者も、これからの時代は必ず医学部出の人も必要になるのだから」と諭され、そんなものかと私は思ってしまった。

その後、昭和二十二年から卒業後一年間のインターンと国家試験があることとなり、どうせ医者になる気もないのだから、そんなものは受けるつもりはなく、卒業したらどこかの文学部にゆきたいなどと考えていた。それと五年間、医学教育を受けてみて私の頭が医学向きにできていないためか、医学とは解剖、生理をはじめ、それぞれの臨床科目がなんと無味乾燥なものであることよと思ってしまっていた。医学の初歩とは理解するのではなくまず暗記から始まるのが気に入らなかった。しかし、それでも楽しい講義はあった。なかでも浅田一教授の法医学、緒方知三郎教授の病理学、それとちょっとはにかんだような感じで臨床例を引き合いに出されて話す篠井金吾教授の外科など。これらの先生方の講義には余談も多く、それぞれの人間的な温かみがあったのを思い出す。

さてインターンにゆくかどうするかと迷っているとき、父に「せっかく、卒業したのだから医者のライセンスは取っておけよ」とあっさり言われてしまい、一年間のインターン生活に入り、終了後、昭和二十五年五月、国家試験を受け、なんとか医師免許を取ったのだが、その年の六月六日に父は参議院議員に当選した。その後は忙しくなった父とはゆっくりと自分の将来について話す機会もなくなってしまった。

試験の終わった六月七日の日記を見ると、大きな字で「僕は解放されたのだ」とある。ついでに六月十五日のところを読むと「父に『きけわだつみの声』という映画の試写会の券をもらって兵隊になりたくないために医者になった、自分だけを護っていたような僕にはなんとも堪らない気持ちを感じざるを得ない映画であった。僕は知らず知らずのうちに『神』ということを考えていた。神はこのような死を前にしている若者に何もしてあげられなかったのか。昨日伺った関谷貞三郎氏の葬儀がキリスト教によるものであったので、妙に『神』ということが僕の頭にこびりついていたのだ。

試験の後、私の医者友達はそれぞれ大学の医局に入ったり、大病院へ就職していったが、私は解放感にひたり、読みたかった本を出したり、文学座の「猿蟹合戦」を見たり、歌舞伎の「寺子屋」を見たりし、梅雨が明けて三輪洋二郎さん、渡辺初男さんと乾徳山に行ったりしている。また、中山謙治君と待望の南アルプスの北岳に出かけ、その足で松本にゆき、藤森小二朗さんと徳本峠を越えて上高地に入り「いわな」のお母さんたちやS子らと合流したりしている。そして八月になり、私は一人軽井沢の家に行っている。一人静かに自分の将来の仕事を考えたかったのだ。そして雑文を書いてはご近所の芹沢光治良氏を尋ねたりしている。どうしても医者になる気が湧いてこなかったのだ。あの頃は自分の将来について周りの人たちにいい加減なことを言うのは、その人たちに対して大変な罪悪だと思っていたのだ。男と女の大きな違いかもしれない。そして、山でブラブラしているときに東京の父からの呼び出しがあり下北沢の家に帰ったら、父の言葉が待っていた。

「せっかく、医者になったのだから、盲腸ぐらい切れるようにしておきなさい。生活の基盤がなければ結婚などはできませんよ。銀座の菊地病院に頼みましたから来月から行きなさい」

またしても父の「せっかく……」にやられてしまったのだ。父は相当強引に私を医者にしてしまい、その翌年の昭和二十六年二月に東大外科で私に見守られながら胃癌で死んでしまった。ついに私は医者になるしかなくなった。

祖国がぶち壊れるなかで徴兵忌避をしてしまったという負い目、性格が医学には向いていないのを知りながら臨床医として今まで来てしまった自分に対する悔恨。これらのことが、自らを孤独に陥れたり、「自分のことは自分で考えろ」という非情さを周りの人たちに口にしてしまっているのかもしれない。そして酒もまた自分の負い目を隠すためのものだったのかもしれない。

私は菊地病院を一年あまりで辞めて、人間の生命を預かることのない、母校の病理学教室に入り、八年近く解剖と実験に明け暮れた。他人の命には関係のない仕事だから誠に気楽な毎日ではあったが、病理ではなんとも生活費は稼げないので、親しくしていた河北恵文先生に頼んで河北病院の外科に入れてもらった。私のような、臨床医になるための道を少し外れた者も温かく迎えてくれたし、病院全体が大変に家族的な雰囲気で、妙に医者面をする必要もなく、検査室、レントゲン、事務、栄養科の連中のなかに沢山の友達ができた。今でも付き合っている人が多い。

居心地も良かったので三年前に辞めるまで、三十一年もお世話になってしまった。しかし、考えてみると、この間にも私は少しでも臨床医から離れたいという下心があったのか、看護学校設立と運営に走り回ったり、河北を辞める前の六年間は西所沢に分院を作り、診療するために奔走した。もっとも分院のほうは、私が意図した老人病院に発展することなく、私の退職後は閉鎖されてしまったのは誠に残念であった。

一方、看護学校は河北恵文先生が創立の翌年に亡くなってしまったので、創立から数年は、学校は金食い虫だと厭味を言われたものだが、今になってみれば努力した甲斐があったというものだろう。

臨床を放り出して学校だの分院作りだのに夢中になれたのも、当時の私の河北病院に対するロマンを理解してくれる人たちがあってのことだったと思う。

今は老人病院勤めで、私にはいささか気楽でありがたい。二年くらい前から副院長になってしまい、毎週の役員会に出なければならない。出ているとまた昔の血が騒ぎ出し、つい、「今後はリハビリを強化し、そのためには云々……」と言ってしまったりする。私はもうこの秋には六十八歳となるし、今後の事業について責任を持てる歳ではないと自戒して、あまり語らないように努めるようにしている。

こんなことなどを思いめぐらしながらヘボ医者として過ごしてきてしまった。徴兵忌避から始まった初めのボタンのかけ間違いが、それは戦争という時代のなせる業だと言ってしまえばそれまでだが、私の人生のいろいろなところで、自分で納得のゆかないものにしてしまったのだろうか。

そんな思いから私は若い人たちには「自分の納得する人生を作りなさい。そのためには自らをカルチャーなさい。この語は一般には教養と訳されますが、本来は耕すという意味なのです。他人は進んで貴方を耕してはくれない。自ら求めて自分を耕すしかないのです。そして、やがて中高年になったときには自分の人生に納得し、棺桶に入る準備をすることでしょう」と語るようになってしまった。

平成五（一九九三）年七月

ぼくと音楽

今、ベッドで寝ながらモーツァルトのバイオリンソナタ第二十八番などを聴きながらうつらうつらしていたら、急にぼくと音楽の関わりはどのようにして作られたのかと考えてしまった。突然、思い出すままに書き留めておきたいとこの文章を書き出した。

ぼくが小学校の頃、家には相当量の、落とせば割れる、あの昔のSPレコードがあった。そのほとんどは洋楽のクラシックもので、おそらく母が、ときおり買っていたのだろうと思う。どんな曲を好んで聴いていたのか、あまり思い出せない。

ぼくが本格的なクラシックの演奏を初めて聴いたのは、たしか昭和十一年か。当時ぼくは名古屋にいて朝日新聞社の講堂でピアチィ・ゴルスキーという人のチェロを聴いたのを覚えている。演奏会の静けさと、音色の美しさに聴きほれたことであった。演奏が終わって楽屋へプログラムにサインをしてもらいにゆくと、子供が来たので驚いた様子で、ぼくの頭を撫ぜながら書いてくれた。大事にとっておいたのだが空襲で焼けてしまった。

昭和十四（一九三九）年、ぼくが青山学院中学部二年の頃からか、日比谷公会堂で開かれていた新交響楽団（今のNHK交響楽団の前身）の定期演奏を、毎月、兄などと聴きにゆき出した。あるとき、歌劇「カルメン」の演奏会形式による演奏を聴き、ひどく感激したのを思い出す。「闘牛士の歌」は父がときどき口ずさんでいたので、知っていた。たしか四谷文子さんが、カルメンであったような記憶がある。

日中戦争が泥沼的様相を呈し出した昭和十五年頃か、新交響楽団は日本交響楽団と名前を変えた。その頃から、演奏の前には「愛国行進曲」を演奏したり、会の終わりに「君が代」をやったりし出した。やがて太平洋戦争となっても演奏会は続いていた。会が終わって公会堂を出ると、公園は空襲に備えての灯火管制で暗闇に近く、そのなかを有楽町駅まで歩き、良い演奏を聴いた後の余韻を楽しむ気分にもなれなかったものだ。そんな道すがらときどき、作家の芹沢光治良氏とお嬢さんにお会いしたりし、同じ東中野までの電車の中でなにかとお話を伺ったものである

米英などの国と戦争をしているので、それらの国々の音楽は、当然、演奏はできなかったが、不幸中の幸いで、日本はドイツ、イタリアとは同盟国であり、また多くの

中立国もあり、曲目には事欠かなかったと思う。当然、バッハ、ベートーベンなどは聴かれたわけだ。クンパルシータなどのアルゼンチンタンゴなどの演奏もあったような記憶がある。休憩時間などは公会堂の広いバルコニーに人が溢れ、暗闇のなかで隣に立っている人の顔もわからず、ただ煙草の火だけが蛍の光のように揺れていたのが印象的だった。そしてここに集まるぼくを含めた若い人たちは、クラシック音楽に酔いしれながらも、明日は兵隊にとられ、死ぬかもしれないという追いつめられた、どうにもならぬ苦しみ、寂しさを持っていたのだ。今思えば本当に若者には悲しい時代であった。

昭和二十年、戦争は終わり、その後、日響もＮＨＫ交響楽団と名前を変えた。そしてどうしたはずみか、父がＮ響の理事となり、定期演奏の切符は必ず二枚届けられ、買わなくてすむようになり、また演奏会通いが始まった。年とともに団員の服装も整い、六月ともなると全員が白の上着となって、会場も一段と明るさを増し、戦争は終わったのだとしみじみと思ったものである。

当時の指揮者はもっぱらローゼンストック氏であった。背の低い、頑固親父のような人で、固い指揮をしていた。ぼくはティンパニーの、たしか小森さんといわれたと思うが、この方のなにか温かみのある演奏態度が好きで、ファンであった。ぼくの家は空襲で焼け、戦後しばらく下北沢に住んでいたが、演奏会の帰りに渋谷からの帝都線、今の井の頭線で、ときどき、ローゼンストック氏を見かけたものだ。あの頃、彼もあの沿線に住んでいたのだろう。

指揮者はその後、尾高尚忠氏、山田和男氏の時代となった。尾高氏は大変に頭の大きな方であった印象がある。若くして亡くなられた。

演奏家ではバイオリンでは諏訪根自子、巌本真理、辻久子さんなどの時代となる。諏訪さんの人気は大変なもので、ぼくの小学校の友人の宮本君は、諏訪さんの演奏会の切符を買うために、雨の中を何時間も立ち、肺炎となり、亡くなった。

当時から、ぼくはバイオリンの音色に、大げさに言えば魂を奪われていた。あの高い高い脳細胞の隅々に染み入る極限の音。人に安らぎを与えるのか、苦悩を強いるのかと叫びたくなるような、あの楽器の音色がぼくはたまらなく好きなのだ。今、毎晩でも聴きたいのはモーツァルトの協奏曲第四番と五番である。またピアノでは、井口基成氏を思い出す。がっしりした体格の方で力強い演奏であり、ベートーベンが得意であったのではないだろうか。

「第九」が年末になると演奏され出したのは、昭和二十五年頃からか。なぜ暮れになると「第九」なのか、その理由もわからない。

歌劇といえば戦後間もなく、アメリカの日系二世のソプラノの方が来て、歌舞伎座で「蝶々夫人」が上演され、両親に連れられていったことを思い出す。この歌手の名前が思い出せない。当時の日記で探してみたけれど見つからなかった。またこの劇で〝スズキ〟という役名が登場したのには驚いた。

戦後の音楽で言えば、ぼくにショックを与えたのはガーシュインであった。いうまでもなく「ラプソディー・イン・ブルー」であり「パリのアメリカ人」であった。それまではヨーロッパのロマン派時代の交響曲しか知らなかったぼくの耳に、この奔放な明るくもあり力強い「音響」が飛び込んできたときは、腰を抜かさんばかりに驚いたし、感動もした。改めてアメリカの文化を知らされた思いであった。今でもぼくの好きな曲の一つである。

歳をとると、あんなに好きであったベートーベン、チャイコフスキーなどの交響楽をあまり聴かなくなった。なにか重々しくて説教されているような気分になるからだろうか。ついついモーツアルト、ショパン、リストなどになる。

なにはともあれ、夜、ベッドに入り枕元のCDプレーヤーのスイッチを押すと、ともかく心が休まるものだ。ぼくの音楽に関する「文化」はいつの間にか西欧化されてしまっているのか。どうして長唄や浪花節、日本の歌曲を聴かないのだろうか。そんなことも考えてしまう。

平成五（一九九三）年八月

『日本山岳紀行』を読んで

先日、私の本棚にW・シュタイニッツァー著、安藤勉訳『日本山岳紀行――ドイツ人が見た明治末の信州』（信濃毎日新聞社）という本を見つけた。いつ買ったのか記憶にないのだが、パラパラとページをめくると面白く、読みやすい文章で二日間で読み終えた。

この本は一九一七（大正六）年に書かれている。登山家であるシュタイニッツァー氏が遙々と東洋の片隅の国を訪れた動機は、ウォルター・ウェストン著『日本アルプスの登山と探検』（一八九一年刊）という本との出合いだったと述べている。

シュタイニッツァー氏の来日は一九一一（明治四十四）年春である。

彼も一般の外国人と同じように、まず手始めに日光を訪れるが、東照宮と華厳滝では満足するはずはなく、中禅寺湖を経て徒歩で湯元に入る。そして見事な、太古そのままの原生林と、周囲の新緑の峰に心を奪われ、ヨーロッパからの長い旅の苦労も忘れ、これから日本の山を一つでも多く登ってやろうと思ってしまうのである。当時、湯元には外国人でも泊まれるホテルがあったが、日本人の泊まる宿はまさに小屋で、二、三軒が並んでいたようだ。

数日の滞在中に日光の男体山、女峰山、滝河原峠などを登り、帰り道にはガイドを雇い、金精峠を越えて沼田に出ている。私も三十数年前の冬、スキーで越してみようと途中まで登った記憶があるが、標高二、〇〇〇メートルはあるだけに、その急坂は凄かったのを思い出す。明治の頃の峠越えはまさにけもの道で、深い森林の連続であったのだろうが、その萌葱色の森のなかに、雪のような白、ほのかな紫、炎のような赤のツツジが咲き乱れ、まさに魔法の国のようだと書いている。彼は植物学者でもあるのか、樹木や花の名が多く書かれているし、また森などの記載にはその自然美に心から感動しているのがよくわかる。

峠を越えて沼田から渋川までは馬車鉄道。その先の大都会、前橋までは小ぎれいな鉄道に乗っている。そして伊香保、草津温泉と回り、私が若い頃幾度となくスキーで越した白根山、山田峠を経て志賀、長野へと下り、浅間山を見に軽井沢に出ている。草津の箇所では「湯もみ」のことが記載され、その頃は本当の湯治、病を治すための湯であり、ハンセン病の人もいたという。号令で熱湯に飛び込み、あまりの熱さに失神する人もおり、それをすくい上げる係もいたと書いてある。

入浴については、彼は日本人は清潔好きな国民と聞いてきたが、どうして宿屋などではほかの人の入った湯船につかるのか、また洗面所では不潔な洗面器や金物の水飲みがたいてい一つで、皆がそれを平気で使うのか、それと山間の貧しい農家や衣服の不潔さなどには驚き呆れている。しかし一方、一般家庭や旅館の部屋の飾り立てない美しさ、手入れの行き届いた庭などには感嘆している。考えてみれば、外国では特別な温泉場は別として、銭湯とか大浴場はなかったのだろうから、不思議であったに違いない。

日光から始まった旅で彼はすっかり日本が好きになり、いよいよ長年の夢であった日本アルプスへの挑戦となる。

この山岳旅行のために、トラベリング・ボーイを雇うべく、彼は東京にある外国人観光促進団体「喜賓会」にその斡旋を依頼する。そこに現れたのがコウ氏である。当時コウ氏は三十歳、なかなかの好漢で英語をよく話し、高い山など見たこともなく、アルプスに対する偏見も持っていないので好都合であったと書いているし、その後の日本滞在中、コウ氏には感謝し続けの日々であったとある。

私はコウという名前を見て驚いた。コウとは珍しい名前である。私の知っていた、幸尾《こうお》隆太郎氏ではないか。幸尾さんご夫婦は戦災で焼け出されるまで、私たちと同じ上落合に住んでおり、私の両親の結婚の仲人であったと聞いていた。そんな関係で家族同士で非常に親しくしていた。私の覚えている幸尾さんの小父さんは体格の大きな丸顔で、頭には毛がなく、いつも大きな声で笑っていた。一九一一年に三十歳とあるから一八八一年生まれとなる。私の父は一八九〇年生まれであるから九歳違い。敗戦のときは幸尾さんは六十四歳ということになり、私の知っていた幸尾さんの年齢と大体一致すると思う。そしてこのボーイが幸尾さんであると決められることは、私が山に行き出した中学の頃か、「小父さんも昔、上高地に行ったが大正池はなかったね。山案内人一人を草鞋だけを担いでもらうために雇ったものだ」と言ったのを覚えている。たしかに明治時代には大正池はないのだ。その後、登山家にもなられていない幸尾さんが、明治の末に上高地に入っているのは、外国人にでも雇われて歩いたとしか考えられない。また英語をよく話すとあるが、若い頃、貿易の仕事をされていたようだし、また、中国、朝鮮の古陶器の鑑定家として名を成していたことなどから見ても、語学はできたのだろう。

幸尾さんにはお子さんはなく、戦災に遭ってからは、茅ヶ崎に住まわれた。私も二度ほど伺ったことがある。今はご夫婦とも亡くなり、文中のコウ氏が幸尾さんであることを確かめようもない。幸尾さんがコウ・ボーイであったのなら、もっと詳しく当時の山のことを聞いておけばよかったと悔やまれる。

さて、コウ・ボーイをお供にしてシュタイニッツァー氏が跋渉《ばっしょう》した山名を順に書くと、甲斐駒ヶ岳、槍ヶ岳、穂高岳、笠ヶ岳、立山、針ノ木峠、戸隠、妙高山、木曽駒ヶ岳、富士山、九州の山など。私も登った山もあるし、懐かしかった。大体一年間での山行であるのだから、その旺盛な気力と強靭な体力にはただただ感服するのみであり、心身ともに山好きであったのがよくわかる。

体力のこととなれば食料の問題になるが、山では主食は米飯であったとある。彼の好んだのは冷や飯にマーマレードを添えたものだそうで、私にはちょっと想像できぬ食料である。砂糖煮果実は日本中どこに行っても売っていたが、なかでも最高品は小諸の塩川産缶詰のものであると書いている。その缶は一個、二三から三〇ペニヒ、米は一ポンド四〇ペニヒであったと。案内人は一日二、三マルク（一～一・五円）。明治の末に果物の缶詰がどこででも買えたとは驚いたが、もっと信じられないのは山麓の村でもビールはあったとのこと。キリンが旨いとも。ただ当時、日本人はこれを冷やしては飲まず、むしろ少し温めて飲んでいたようで、旅館でいくら冷やしてくれと言ってもわかってもらえなかったと不満を述べている。ドイツ人だからビールにはうるさかったのだろう。

この本は山行の記録以外に当時の地方都市の様子や、山岳宗教登山の人々の行動が書かれており面白い。駒ヶ岳や妙高山など岩場には鉄の鎖が取り付けられていたとあるが、それまでして信者を守っていることに、彼は感激している。しかし一方では立山など信者の集まる山の小屋でさえも、まさに家畜小屋そのものだと嘆いている。

また、日本の火山の多くは、民衆の信仰の対象になっており、その山は聖なる香りに包まれている。火山では富士山、妙高山、磐梯山、阿蘇山などで、これらの山名が「……山《サン》」つまりHerr……。……氏。……さん、と尊称で呼ばれていると。いささかこじつけ的だが面白い指摘ではある。


山名といえば、戸隠山を大蓮華山と書いている。現在そのような名の山はない。その山の下に有名な戸隠仏教寺院があり、見事な自然との調和を見せていると、日本人の自然のなかに人為的なものを溶け込ませることの上手《うま》さに感心しているが、この寺院はおそらく場所としても、今の戸隠神社の奥社のことだろうと思う。私も幾度かこの神社にお参りしたが、あの深い森のなかの佇まいは〝寺〟と言える趣ではある。しかし、あの時代にあの奥までよくも行ったものだと感心する。

この本には著者が写した写真が多く載せられている。八十年以上前の山小屋、貧しくも素朴な飛騨街道の家々、案内人の服装など、貴重な文化遺産であろう。敗戦直後、私が北アルプスなどに行き出した頃、乗鞍の鈴蘭小屋に入るまでの小村落の家は、この写真と同じだったような気がする。

もう一つ、この本で驚くべきことを知った。明治元年には「飛騨県」という県があり、その県庁所在地は高山であったということである。

私はなにかで読んだが、古代、今の高山を中心として岐阜県、愛知県、滋賀県あたりまでを勢力範囲とした国があり、建築、文化、芸術に優れていた。そこに根付いていたのが「飛騨の匠」と呼ばれる人々の存在であり、平安の昔から現在に至るまで神社仏閣の山門に立つ仁王さまはそのすべてがこの匠の作だとか。そしてその作者の名は一切彫られていないのが特徴で、仁王の顔は頬が丸く突き出ていて、新モンゴロイド特有な顔だそうで、今でも飛騨にゆくとそのタイプの顔に出会うとか。たしかに飛騨の文化は盛んであったようで、飛騨県の存在したことも頷ける。

話が逸れてしまうが、私は若い頃から日本人のルーツに興味があり、飛騨県の存在したことを知ってからは、その昔、飛騨に住み着いた民族に興味を覚えている。一度、高山線の各駅停車の旅をしたくなる。

もう八十年以上も前に日本の山々を愛し、感嘆の声を上げながら登行し続けたドイツの登山家に、私は深い敬意を感じるし、またその猪突猛進とさえ思える行動が羨ましくさえある。私はいったい、七十歳近いというのに今までなにをしていたのだろうと思ってしまう。

平成六（一九九四）年五月

敗戦の年の日記

最近「戦後五十年」という言葉が書き立てられ、これを節目に国会では、内外に対して五十年前に終わった日本の戦争行為について「謝罪と不戦決議」をすべきであるというなんとも自慰的な発言が社会党などから出て議論されている。過去千年来の人間の戦いの歴史も見ない、浅はかで短絡的な発想の議論である。

この件についいては、項を改めて書きたいと思う。

日本が徹底的に戦争に敗れたのは一九四五（昭和二十）年。もうあれから五十年も経ってしまったことになる。この世界の激変の半世紀、私には思い出が尽きないが、反面、夢のような早さでもあった。

「戦後五十年」ということが、現在やたらに書かれるので、私も五十年昔の日記を改めて読みかえし、あの頃、二十歳の私はなにをしていたのかと思い起こした。戦中の日記帳は空襲が激しくなってから、防空壕のなかに入れておいたので焼けなかったが、それ以前のものは焼失してしまった。

昭和二十年の日記から抜粋して、今ここに写し、少しばかり現在の感想を書いてみたい。

三月十日（土）

目下、十日間の試験中。今日は吉岡さんの生理学の講義。学校にゆく（当時、私は東京医専の一年生で、大久保にある基礎医学の校舎に通っていた）。

昨夜十一時四十分、（空襲）警報が出た。B29の少数機が房総南部を旋回し、その後数編隊は南方海上に退去と報じられたが、しばらくして退去したはずの編隊が東京に進入し、下町は大火となった。狐につままれたような警報であった。百三十機のB29が低空で飛び、火はみるみるうちに山の手にまで迫ったのか、私の三階の部屋は昼間のような明るさとなった。火は明け方まで続いた。浅草、神田、向島と全滅。いくら戦争でもこの空襲は酷すぎる。いつかヤンキーどもに仕返しをしてやるぞ。

今朝、学校の様子を見ようと出掛けた。新宿駅は焼け出された人々でいっぱい、異様な臭気が充満。

追記

当時、私は上落合に住んでおり、向かいに俳優の古川ロッパ氏の家があった。七年ほど前に『古川ロッパ昭和日記』という四巻ものの本が出たので、私も買い求めたが、その本の三月九日のところに『(午前)三時近く、空襲解除のブーが鳴る。そこへ鈴木さんから呼ばれ行く。三階のバルコンから眺めて唖然とする。一望火の海だ、北風が強く吹いてるなかを延々と燃えている。神田、上野から新宿方面まで一面べタ火の海である。こりゃ大変だ下町は無くなったぞ。家のあたりも火の反射で明るい。神の怒りは日本の上にか。……』とある。

三月十二日(月)

やっと今日で試験は終わった。硫黄島、ルソン島の玉砕、帝都空襲だというなかでの試験。落ち着かぬ。

医学とは考えて答えるものではない。見たこともない臓器のことを覚えるとは無味乾燥。

三月二十五日（日）

昨夜のラジオで神潮特別攻撃隊の金剛隊、菊水隊が南太平洋の敵の根拠地を新鋭特殊潜航艇をもって必死必中の攻撃を行ったことを聞き、その隊員のお名前が発表された。そのなかに海軍少尉、塚本太郎の名があったが、同姓同名だろうかと思っていた。まさか、あの塚本さんがこんな大きな作戦に加わっているとは。だが今朝の読売を見て、あの太郎さんであることを知り、胸が詰まり、急いで母に新聞を見せた。母はただ「塚本さん」と独語するだけだった。

私の兄の豊島師範付属小学校の同級生で、私の二年先輩なので、子供の頃から知っていた塚本さんは、金剛隊の一員となられ、中部太平洋方面、ニューギニア北岸およびアドミラリティ諸島に出撃された。どこの敵港に突入されたかは知る由もないが、必ず敵大型空母を轟沈されたことであろうと信じる。この作戦は、今年の一月十二日と二十一日に行われたものであったが、それが昨夜発表になった。

塚本さんと私が話をしたのは数度だろう。佐藤覚さん（兄の同じ小学校の同級生。父上は駒込での開業医）の家で何回か。また沓掛（中軽井沢）の佐藤氏宅（私の家の近くにあった）で会ったりしたことがある。昭和十八年の夏、私は浪人中で、一人で沓掛の家にいたとき、塚本さんは覚さんと来ておられ、トランプをしたり散歩をしたりした。ツーテンジャックが強かった。丸顔で、いつも赤い顔をして、およそ慶應ボーイのタイプではなく、ざっくばらんな明るい人だった。慶應大学の水球の名選手でもあった。最後にお目にかかったのは覚さんが入隊するとき、昨年の十二月の中旬、見送りに東京駅に行ったときだった。少し遅れて来られ、豊島の人たちのなかに入った。あまり赤い顔をしているので「塚本さん、酔っているのですか」と聞いてしまったら、「蛸は赤いよ」と本当に酔っているような恰好をした。蛸とは塚本さんの小学校時代からのアダナだったのだそうだ。

覚さんの列車が行ってしまった後、塚本さんもあと二、三日で離京すると言ったので、私は「いろいろとお世話になりました」と言うと、また急に酔ったふりをして「おお頑張ろうぜ。良い学校に入れよ。君も良い男だったな」と握手をしてくれたのを覚えている。塚本さんは純粋すぎる人だったのだ。国のために自分から死ににゆくとは偉大なことだ。私も軍神塚本太郎少尉の後に続かなければならぬ。

追記

塚本さんの母上と私の母は仲良しだった。戦後、鶯谷だったか、母上は焼け跡のなかに銭湯「太郎湯」を開いた。このことは母から聞いていた。二か月ほど前か「太郎湯」のことが産経新聞に載っていた。数年前に「太郎湯」も閉めて、母上も亡くなられたとのことであった。私にとって身近な人であった太郎さんの特攻隊員としての戦死は、当時、私には大ショックであり考えさせられることであった。

三月二十八日（水）晴

一昨日から敵は沖縄の無人島に上陸し始めた。ドイツはますますいけなくなった。僕も本当に死を覚悟しなければならぬ状況だ。

追記

この日、岩魚の連中、敏、百城《ももき》、笠原、石村、彰と僕で、新宿から聖蹟桜が丘まで往復のサイクリングをしている。そんな精神的な余裕があったのかと、今思うと不思議である。

四月一日（日）

昨夕、彰と家を出て、東京駅で敏（鈴木敏夫君、故人）と待ち合わせ、七時十分の汽車で暗闇のなかを大津に向かった。車中、麻布獣医の学生と知り合い、彼の持参する酒を飲み、大いに愉快であった。
七時過ぎに朝日新聞大津支局長曾田氏宅に着く。

追記
実はこの旅は大津の海軍航空隊にいた兄貴に会うためで、正式な面会ではなく、偶然、曾田氏宅で会ったことにするもので、前から兄貴の外出日をうまく連絡してもらっておくわけだ。この方法で前にも母と私と戸松さん親子とともに面会したことがあった。

十時頃、兄貴と戸松、盛田、今西さんらがやって来た。われわれがいるのに驚いていた。東京から持参した食べ物や、曾田さんの家でのご馳走を、瞬く間に平らげたのには驚いた。塚本太郎さんの話をしたが、大して驚いたようでもなかった。「俺たちも特攻を志願したよ」と言っていた。
今は基礎教程も終わり、体も楽になった由、何か本を持っていないかというので、僕は車中で読むつもりの本『伊豆の踊り子』を出したら「ありがたい」と持っていった。そして紙包みのなかに、今、本屋で買ってきたと言って「アールベルグ・スキー術」と「英和辞典」を出したのには驚いた。

四時に皆帰っていった。

僕は一人、母に頼まれて京都の氷室氏宅の様子を見るために、大津を出た。敏と彰は曾田さんの案内で三井寺にゆき、明日帰ると。

四月十四日（土）

昨日は十三日の金曜日。ルーズベルトが死んだと。いい気味だと思っていたら、夜十時過ぎからB29が数機ずつ帝都に進入、皆で防空壕に入っていると、十一時頃、一大音響。「それっ」と彰が飛び出すと頭の上をモロトフのパン篭が下落合のほうに流れ落ちてゆく。そのときには高田馬場方面は燃えていた。その後どんどん落ちてきて中井駅（現在の西武新宿線。私の家から歩いて三、四分）と落合第二国民学校がやられた。これは危ないぞと、皆で布団やら衣類やら、三階の僕の部屋からはアルバムなど、手あたり次第に防空壕の中に放り込んだ。近くに火がきたら消し止めてやろうと、亘さん（山添）、杉田さん、須川さんたちと隣組を回った。

やがて東中野駅のほうの火勢が強くなり、火の粉がどんどん飛んでくる。自分の服に水をかけたりした。下落合の文化村も焼けている。反対の日本閣のほうは燃えていない。そのうちに焼け出された人たちだろうか、家の前の道を逃げてゆく。僕はこの辺だけはなんとかしてやろうと思ったし、また怖いという気も起こらず不思議に落ち着いていた。三時過ぎから風向きが急に変わり、わが家の一帯は焼けなかった。疲れ切って四時半に寝てしまった。敵機は百七十機であったとのこと。

午後、石村が来た。自転車で大久保方面にゆく。東医の校舎がぽつんと焼け残っているだけ。それから青山にゆく。明治神宮も焼けたらしい。表参道には焼死体がいくつも見られた。青学にゆき岩魚の土曜の集まりに出る。敏、二瓶、笠原、石村、百城など、無事を確認す。

帰りに石村と不発のモロトフの筒を一本ずつ拾ってきた。

追記

これは長さ六〇センチ、太さ一〇センチくらい、六角筒状、鉄製で、穴を開けるとゴム状の揮発性の匂いのする液体が出てきた。その後、焼け出されてからのテント生活で、炊事などでは役に立ったものだ。またあの頃は、目黒の百城の家や、世田谷・烏山の二瓶の家などに自転車で気楽に出掛けている。食料も足りない時代なのに、そんな馬力がよくあったものだと不思議である。若さなのか、それとも切羽詰まった状況で友達に会いたかったからなのだろうか。

四月二十一日（土）

朝、石村からの電話で起こされる。

講義はほとんどないが、学校には顔を出して、掲示板を見て講義の予定を知るだけ。東京の学生、浅田、酒井、打越、蔵田、平野あたりとは会うが、地方の連中はもう、東京にはいられないだろう。

毎日もっぱら小説読みだ。最近は林芙美子「田園日記」「野麦の唄」「日本の薔薇」など。男っぽい人。島崎（藤村）の「家」はつまらない。

僕には宗教心がない。でも神は信じたい。それは僕だけの神だろう。唯一神の宗教はわからない。神が天地創造、人間を作ったとはあまりに神を振り回しすぎる。僕は唯物論者ではないということか。幸福とはあくまで主観的なもの、そうでなければ死に切れぬ。

四月二十四日（火）
朝、立川方面に空襲あり。

午後四時まで集中講義あり。疲れた。敏の家にゆく。父上より「鈴木蔵書」なる印と『アムンゼン探検記』なる本をいただく。印は特に嬉しかった。
「アラビアのロレンス」を読み出す。

五月一日（火）曇、雨
隣の平松義明さん応召。今朝四時に家を出た。東中野駅まで皆で送る。寂しい。
ムッソリーニが虐殺された。それもイタリア人の手で。そしてその屍は北伊の町に晒されているとのこと。またヒットラーも殺されたか、自殺したとの話もあるようだ。ああ、独裁者の末路の哀れなることよ。ヨーロッパもいよいよ暗黒時代。なんとしても日本は勝たねばならぬ。
スタンダール「カストロの尼」を読む。こんな恋愛は嫌いだ。林芙美子「蝶々館」つまらぬ。

五月二十六日（土）晴
昨夜十時に警報が出る。石村が来ていたが、慌てて僕の自転車で帰る。小野君泊まる。

空襲と同時に家の門のところに焼夷弾が落ちたが、なんなく消し止めた。近くの榊原歯科より出火、彰、消しにゆく。十一時過ぎた頃になると東中野から小滝橋、高田馬場方面に盛んに投弾され、火勢強い。

二時過ぎ、近くの交番裏より火の手が上がり、山岸さん宅に移る。もう目の前だ。母とナミさん（長い間いてくれたお手伝いさん）は先にやられた幸尾さんご夫婦が哀れな姿で来られたので、ともに、もう焼け跡になっている下落合のほうに逃げてもらう。

西のほうの第二国民学校近くからの火勢は強く、十数分でお向かいの古川邸に移る。僕は三階、佐須（同級生で近くに下宿していた）が二階、彰は一階で火の粉を消し、水をかけての力闘。二、三階には大きな防火用水を置いてあったが、家の外側にも死にものぐるいになって水をまき散らしたが、みるみるうちに水蒸気となる。用水桶にバケツを入れても空バケツとなったときの情けなさ。残念だった。三階は周りからの強熱風にあおられて、船のように揺れた。

火は勢いを加え東側から森井、安楽城、土岡、高橋、平松、細井さん宅となめつくし、ついに離れのナミさんの部屋、彰の部屋が一瞬にして火に包まれ、われらの力闘空しく、泣きながら家を飛び出た。時に二時四十五分であった。

すでに空き地となっていた吉武氏宅の跡地で、疲れ切って横になり、二十年世話になったわが家を皆で見送った。三時半、家は無となった。

フラフラのなかで思った、戦争には負けられないぞと。

親父は大阪に出張中で、家を焼いたことが親父に申し訳ないと思う。

明け方、母とナミさんが疲れ切って焼け跡に帰ってきた。ひと安心。

六月三日（日）
夜、十一時近く隣の細井さんの引っ越し荷物の運搬を手伝っていると、突然、暗闇に人が立っており、ランプで照らすと大きな海軍の帽章が見えた。「兄貴かい」「おお、俺だよ」。突然過ぎて言葉を失うほどの驚きだった。壕のなかの父母を起こす。久し振りに親子五人揃って話がはずんだ。兄貴は飯を四杯食べた。兄貴は父母とともに壕のなかで眠った。

六月四日（月）
兄貴が帰ってきたことで、午前中は皆で連絡し合い、午後になって岩魚の連中が焼け跡に集まり出した。平光さん、関口さん、石村、百城、二瓶、敏、笠原などが来て、焼け跡に座り、火をたき一つの鍋のごった煮をつつきながら話し合う。暗い夜空がどこまでも見えるのも異様であった。社から帰ってきた親父も話に加わってくれた。岩魚同人会の発会の精神「永遠の和」を確認し合った。

六月五日（火）

大部分の連中は、昨夜は話し込んで帰りそびれてしまい、テントや焼け跡で一晩を過ごした。兄貴は館山から関西のほうへの転勤とのこと。東京駅を午後七時十分に出る大阪行きで発った。見送りは父母と二瓶、百城と弟と僕だった。おそらくもう二度と会えないだろうと思った。お互いの健闘を祈るしかない。父が薄暗い駅舎で誰かと小声で話している。あとで聞いたら映画評論家の津村Qさんとのこと。

六月十二日（火）

昨日、ここ喜多見の畑のなかに引っ越してきた。テント生活も二週間を越したわけだ。まさか東京でテント生活をするなんて、戦争とはとんでもないことをさせてくれるものだ。なにも残っている物はないと思っていたが、牛車二台の引っ越しとなった。

前の晩から二瓶、敏が泊まってくれ、昨日は百城も手伝ってくれた。ありがたいこと。牛車は一時頃出たが、物好きにも敏、二瓶、彰がそれに乗っていった。母たちは電車。僕は自転車で来た。どこまでも焼け跡だらけだったが、砧《きぬた》に入ると緑の田園となりホッとした。

焼けてから初めて学校にゆく。講義室はまばら、それでも四割くらいの出席か。ところが今月の二十三日に二年生は長野県の飯田に疎開せよとのこと。ガッカリする。やっと祖師谷に落ち着けると思ったら、今度は信州にゆけとは。焼け野が原になった東京には、もう、空襲の心配はないはずだ。なんのための疎開なのだ。もう先が見えているのに。僕が信州へ、弟の美校にも動員が来ているとか。父母とナミさんだけで買い出しやなにかができるだろうか。心配だ。

八月四日（土）

暑い日が続く。落ち着かない毎日だ。朝、一人で二子多摩川から、その上流の土手を一時間ほど自転車で走る。あまり人もいない。

昼頃、佐須(東医の仲間)が突然家に来た。とっくに飯田に行っていると思っていたので驚いた。飯田に行く途中、清水で艦砲をくらい、命からがら帰ってきたとのこと。

三国会談（米、英、露）で勝手なことを言われ、空襲が日常化し、沿岸の町は艦砲をくらい、またドイツの敗戦に対するものが、まことに残酷なものであるとか。なんのかんのと落ち着かない。日本の興亡のかかっているこのとき、自分を落ち着かせようとか、神を考えようとか、批判をもって日本を考えようなどという気持ちも段々に薄らいでしまった。いったい若者はなにをしていれば良いのだ。

情熱は理性をも左右することがある、若い人には。——戦争と思想。

八月十一日（土）

去る六日、広島の空襲で敵機はウラニウム爆弾を投下した。その一発で死者一万、傷者十数万とか。これでは全市がやられたことになる。もう戦争にはならない。勝つためにならどんな犠牲を払うこともいとわぬが、これ以上続ければ大和民族の滅亡だ。これを避ける方法を余は知らぬ。

ウラニウム爆弾の出現は、世界に大変動を起こすだろう。この爆弾を持った国が世界の大強国となる。しかしその国が優れた国というわけではなく、その新兵器があまりにも強烈すぎるだけだ。

九日にソ連は中立条約を破り満州に侵入してきた。まったく驚きだ。くだらん国だ。

約束を守れぬ国は、いずれ滅びるだろうが。

日本民族の死生はこの数日で決まる。あんな新兵器を平気で都市に落とす、つけあがったヤンキーどもの鼻をへし折ってやりたい。だがそのためには、親も子も兄弟も友も死滅することを覚悟しなければならない。

万一この戦いに敗れたら、俺は一生この新爆弾を平気で落とした残忍なヤンキーと、国と国の約束を平気で破るソ連を憎み続けるだろう。

八月十二日（日）

日本が米国にはスイスを通じ、英国にはスウェーデンを通じて降伏したとの話。親父はなにも言わないが、なにかを知っているようだ。

今思うと、昭和十九年の暮れ頃か、夜半、一人の外国人が落合のわが家に来たことがあった。暗い防空電灯の下だったので、僕にはその人の顔もわからなかった。親父と話し込んで帰っていった。親父はスウェーデンのバッケ大使だと言い、このことは絶対に誰にも言うなと家族に厳命した。

落ち着こうにも落ち着けない。漱石の「三四郎」を読んでみる。

ソ連の参戦などはなんとも思わぬが、新型爆弾はいささか効いた。

四、五十歳のある大人は、負ければ軍部がペチャンコになるから良いとか、この戦いは米国を知らぬ成り上がりの軍人どもが勝手に始めたもので、勝ち目は初めからなかったと言う。しかしもう何年も戦争をしてきてしまったのだ。大人の言うことは結果論だ。もし真に国を愛するならば、なぜもっと早くそれを言わなかったのだ。小心者め。たしかに軍人どもも無知過ぎる。それを大人たちが馬鹿にする。要するに皆が自己の身を守るために、お互いに非難し合っているのだ。

戦いに勝てば軍人の世となり、敗れれば軍人を恨むだけの大人たちの世となる。それなら俺たちは、どん底に落ちるまで戦ってしまえ。

戦争に敗れることとはいかに情けないことか。これが本当だとして発表などとなったら発狂する人も出るかもしれない。

八月十五日（水）晴

一生、日本人すべてが、忘れ得ぬ日となった。

残念だ。泣けた。戦死された先輩方を思うと申し訳なし。

今日あることを一か月前から知ってはいたが、その日の来るのが怖かった。昨夜、九時の報道で「明日正午、重大な発表がある」と聞きドキンとした。ついに駄目か。俺はこうなれば戦争を続けるしかないと思っていたのだが。アメリカ人に負けたのではなくウラニウムに負けた。

本日正午、陛下の玉音をラジオを通じて拝し、陛下の御心を思い泣いた。古川ロッパさん親子、母、佐須とナミさんとともに。陛下は「朕の身はどうなろうとも爾臣民をこのうえ死なせることは忍びない」と申された。陛下の御人徳を感じた。ありがたいお言葉である。鈴木貫太郎総理は仇を打つ気持ちで国民は立ち上がろう、と話された。

戦闘は終わったが、俺たちの代の戦いは、今日から始まったことを忘れまい。

追記

あの日のことは、今でもよく覚えている。やはり当時二十歳であった私には大変な衝撃であった。負けたことの悔しさと同時に、将来への大きな不安が重くのしかかった。そしてその夜、防空電灯の笠をはずし、明るい部屋で、粗末な夕食を皆でとったとき、「あぁ、戦争は終わったのだ、死ななくてよいのだ」という安堵感を、つくづく感じたのを思い出す。

翌十六日、私は学校の疎開している長野県の飯田に行くべく、十時十分の中央線に乗っている。今から思うと日本の大激変のあった翌日に、当時は十時間近く掛かった飯田に行っているのだから、随分暢気なものだと思うし、完全に焼け落ちた新宿駅から定刻に汽車が出ているのだから不思議に思える。そして甲府を通ったとき二、三日前の空襲で全滅した市街を見た。日本の敗戦が決まっていたときに空襲を仕掛けるとは、いったいアメリカ人はなにを考えているのだと思い、この焼け跡もそんな意味で異様な光景であったのを覚えている。

また、すいてはいたが、この車中で人々は、敗戦の翌日とは思えないほどの冷静さで乗っていた。二、三の人が台湾や朝鮮をどうするのだと話している程度で、皆が押し黙った車中であったのを思い出す。


五十年前の日記を拾い読みしてみて、半世紀前のことを思い出し、考えさせられた。戦争とは誠に愚かな行動であるのは言うまでもない。しかし、人間は誰でもが、自分を、家族を、住んでいる土地を、自国を、種の保存のためにも守ろうとする。そのためには攻め込むこともする。人類の悲しき性《さが》である。今後も人間同士の戦いはいつまでも続くであろう。

ひとたび、一国が開戦を宣すれば、その国民は自国の存続のためには命をかけて戦うこととなる。それは人間の本能でもあろう。その戦いに納得できぬことがあったとしても、敵がいるからには戦わなければならぬ。私の同年輩の若者も、勝利を確信できぬままに、戦場に出たのだ。当時、毎日のように、先輩、同輩の出征を見送ったが、見送る人、見送られる人の心中を、戦後生まれの評論家と称する連中は、理解することができるだろうか。

国を守るために戦場で散華された方々の行為は崇高な、人間的なことなのだ。それらの方々を、日本人は神として靖国神社に祀ることは、国民の素朴な感謝の気持ちなのだ。信教の自由に反するなどと論ずる国家観のなさには呆れてしまう。

平成七（一九九五）年六月

八方尾根と近藤聡子さん

私には忘れることのできない昔の話である。

昭和二十四年三月の末、信州は豊科に住む私の岳友、藤森小二朗さんと、人影のまるでない厳冬の乗鞍岳で山スキーを満喫し、冬山に酔って藤森邸に戻った。その素晴らしい山の酔いが、豊科に帰っても収まらず、なんともこのまま東京に帰る気にもなれない。もう一か所、粉雪の舞う山に登りたいと思いつめ、私は小二朗さんを口説いて後立山の八方尾根に出かけることとなった。

そして、二、三日後の早朝、淡い星空のもと、二人はスキーを担いで凍てつく寒さのなかを大糸線の豊科駅に向かった。今回は松本とは反対方向の糸魚川行きに乗る。松本盆地のはずれの安曇野を走り、小一時間もすると急に車窓の雪が深くなり、右手に大きな工場が続くと信濃大町に着いた。その頃はここまでを大糸南線と言い、この先は大糸西線と言っていたのだが、今は分けてはいないようだ。

やがて白馬駅に着いた。当時は誰も降りない。たいして家並みの続かない駅前の通りも雪に閉ざされ深閑としている。しばらく歩くと左手に「白馬館」なる寒村にふさわしい旅館に着いた。ここのご主人松沢さんを紹介され、炬燵に入って早めの昼食をとり、スキーを履いてこの村を出て山に向かった。

眼の先、遙かに純白の後立山連峰が見渡せる快晴であった。左手が鹿島槍、五竜岳か、そして右手遠くが白馬だろうか。私たちは汗をかきながらどこまでも見渡せる雪路を進み、二つ三つの集落を過ぎ、やがて疎林帯に入り、道は急に登り坂となり、それがいつまでも続く難儀な登行となった。そして太陽が鹿島槍の稜線にかかる頃、裸の林を抜けて疲れ切った私も、やっとの思いで八方尾根の小屋に着いた。その小屋のすぐ後ろに明治大学の小屋があるだけの、さして広くもない雪原の一角であった。

雪を掘って作った通路を降りて、玄関から小屋に入ると、大きな薪ストーブの周りに数人の客がいて賑やかである。小二朗さんがわれわれの泊まりを主人に交渉している。

「混み合っていますが、なんとか大部屋に入ってください」と主人の声が聞こえる。そのとき、ストーブから離れて一人腰掛けていた五十歳くらいにも見えるご婦人が、「私の部屋でよろしければ、どうぞ」と言ってくれた。われわれはもちろん、喜んでお願いした。

ご婦人の案内で、われわれは階段を上った。そこは屋根裏で、六畳ほどの広さで、小さな置き炬燵があり、ランプが天井から下がっていた。小窓からは先刻、登ってきた雪を被った樹林帯が下のほうにどこまでも続いていた。

三人は夕食を終えて部屋に戻り、炬燵で落ち着き、それぞれが自己紹介をした。ご婦人は「近藤と申します。よろしくお願いします」と静かに言い、リュックから蜜柑を出して炬燵の上に並べた。ひと汗かいた日の食後の柔らかい蜜柑は、この上もなく甘かった。われわれも持参の安ウイスキーのポケット瓶を出し、先日出掛けた乗鞍の話を近藤さんに聞いてもらい、近藤さんは「うらやましい。うらやましい」の連発であった。三人の会話は山の話で持ち切りだった。そしていつの間にか私は「近藤さん」とは呼ばずに「小母ちゃん」と話しかけていた。小母ちゃんは笑って答えてくれ、われわれが二泊の予定だと言うと、小母ちゃんは即座に「それでは私も一日延ばしましょう」と言い出した。

すっぽりと雪に覆われた山小屋、その小窓からランプの柔らかい光が屋根雪の上にある。私にはまさに幻想の世界であった。

翌朝は春も近くに来ているのか、薄い霧が小屋の周りに降りていた。午前中は小二朗さんとスキー板にシールを貼って八方尾根を登り、第一ケルンと称する、いくらか平坦な鞍部まで上った。無風のためか、霧で景色はなかったが乗鞍のときと同じように人影はなく、広大な雪の山稜は静まりかえっていた。休んでいるときに小二朗さんが、「あの小母ちゃんは近藤聡子さんに違いない。ぼくは会ったことはなかったけど。たしか日本山岳会の会員のはずだ」と言った。私も昨夜の話を聞いていて、単なる山好きのご婦人とはとても思えなかったので、なんとなく納得した。

乗鞍と同様に下りは縦横に滑りまくって小屋に戻った。午後は小母ちゃんを誘い、小屋近くの急斜面で遊んだ。そんなとき、小母ちゃんは一休みするたびに、後立山のほうを見上げているのが印象的であった。

明くる朝は、また快晴に戻り、冷え込んだ。

昼頃小屋を出て山を下った。一昨日の登り道を外して尾根の左右に入り、滑り降りたが、樹林帯では小母ちゃんと私はよく転び、雪に埋まり、息も絶え絶えになった。なるほど、この尾根道は通称「泣き尾根」と言うのだそうだ。

林を抜けると、急に緩い斜面となり、三人はストックを使うこともなくスルスルと気持ちよく滑っていった。細野の村に入ると小母ちゃんが、「この家にちょっと寄りましょう」と言い、一軒の農家に入ってしまった。小母ちゃんのいつも訪ねる家だそうで、われわれは大きな囲炉裏端に座り込んでしまい、おいしい漬物とお茶をご馳走になった。ふと見ると、そばにいた四、五歳くらいの坊やが長い煙管を持ち、父親に渡すと、親は毎日しているかの仕種で平然として、煙管の先に千切った巻き煙草を付けて子供に返した。坊やは燃えている薪で器用に火をつける、親子の行動はまったく日常的なものに見え、なんの不自然さもない。私は驚き呆れた。

「このあたりでは、このくらいの子供には、虫下しのために煙草を吸わせるんですよ」と親父さんは言う。

「大人になるまで吸っているんですか」と尋ねると、「不思議なもので、学校に入る頃になると何も言わなくても止めてしまいますね。きっと不味《まず》いのでしょうね」とあまり意に介さない答えであった。

農家を出て、それまでと同じように力も入れず、ただスキーに乗っているだけで緩やかな斜面を心地よく滑り下りた。しばらく行って、後ろにいたはずの小母ちゃんのいないのに気が付き、振り向くと小母ちゃんは、今降りてきた道の遠くに立ち止まり、山のほうを見続けている。リュックの蓋を覆う細長い布が、小母ちゃんのお尻のあたりまで垂れている。

「おやおや、越中褌まで垂らしちゃって」と私は冗談を言いながら大声で呼んだが、小母ちゃんは動かない。
小母ちゃんは正面から西日を受けている。その微動だにしない後ろ姿の遙か彼方には、ついさっき降りてきた「泣き尾根」が見え、さらにその先の中空には、薄紅梅色に染まり出した夕焼け空が広がり、その空をバックにシルエットと化した後立山連峰が黒々と横たわっていた。私もその神々しくさえ感じる山々に、一瞬胸を突かれ、体が硬直してしまい、声を失った。山は美しすぎる。

今、これを書いているとき、私はいつかどこかで読んだ「富士見西行」という言葉をふと思い出した。誰が言った言葉なのか、私にはわからないが、それは人の身分の上下は問わず、誰もいない野原で一人静かに富士の峯、または信仰する霊山を振り返り見続けて立ち尽くす。その人間の姿には、なにか尊い雰囲気とともに切ない哀愁も漂う。遠くから山々に向かい佇む人影に、後の世の人々は西行法師を連想してしまったのだろう。私も近頃、山に想いを込めて立ち尽くす人の姿は悲しくもあり美しいと思えてならない。平安の末に武士でありながら無常を感じて出家した、歌人でもあったあの西行をその後、いつの時代になっても、その無常感に共鳴して思いを馳せる。なにか「富士見西行」という言葉には、そんな心情が込められているのではないか。

私はそんなふうに考えてしまう。
あの昔のあのとき、今思えば西日に向かい、八方尾根を凝視する近藤さんは「富士見西行」であったのだ。そんな気さえしてくる。

小二朗さんと小母ちゃんのところまで戻り、声をかけた。小母ちゃんが静かに振り向くと、その両目からは大粒の涙がこぼれていたのだ。われわれは一瞬、虚を衝かれた。彼女のリュックを持ち、抱えるようにして「白馬館」に入った。日はトップリと沈んでいた。

三人は久しぶりに風呂に入った。私はゆっくりと湯につかりながら、どうして小母ちゃんは泣いたのだろうと考え、まさか私の軽口が小母ちゃんを傷つけたわけでもないだろうと思いながらも気になった。

その夜の食事には、宿のご主人、松沢さんもお酒持参で加わり、炬燵を囲んだ。松沢さんは千葉の高等園芸学校の出身で、今はこの宿と白馬岳の山荘（当時は「肩の小屋」と言っていた）を経営しているとのことで、このあたりの農業の話や夏の登山シーズンには、この宿で猛烈に濃縮したカレーを作り、担ぎ上げて小屋でそれを湯で溶いて出すなどの面白い苦労話を聞かせてくれた。当時は小屋を建てる材木も、小屋で使うものも、すべて人の力で上げていたのだから、並大抵のことではなかったのだ。本当に山が好きでなければ、山小屋などは経営してはいられないだろうと思った。

そしてまた、近藤聡子小母ちゃんは、小二朗さんが言っていたように日本山岳会の会員であり、ベテランの女性登山家であることもその夜の話でわかった。

お酒が入った座も一段落した頃、私は小母ちゃんにそっと尋ねた。

「小母ちゃんは今日の下りで山を見つめて泣いていた。なにかあったのですか」

皆が小母ちゃんの顔を見つめて静まりかえったが、小母ちゃんはしばらく黙っていた。

「ごめんなさい。心配かけて」と口を開き、話し出した。

小母ちゃんは二十数年前、山男のご主人と新婚旅行で後立山に来た。そして幾年かして先の大戦が始まり、ご主人は召集を受け、やがて戦死された。一人の男のお子さんいたが、戦後亡くなったと。小母ちゃんは涙声になった。「なんの病気だったのですか」と私は尋ねそうになったが、口を噤んだ。私は勝手に山での遭難だと思った。

「この間、小屋でお二人にお目にかかったとき、私は息子に会ったような気がしました。今いれば匡さんくらいの歳かしら。ズングリして似ている感じ。ごめんなさいね」

小母ちゃんは自分の身の上話をし終えると、何かホッとしたのか、今朝方までのような明るい表情になり、山の話を熱っぽく語った。
私には心に染みる夜であった。

翌日、三人は松本行きの列車に乗り、小二朗さんと私は豊科で降りた。そのとき小母ちゃんの顔が上気したように赤かったのが気になった。

それから一か月は過ぎた頃、小母ちゃんから葉書が来た。なんと諏訪の日赤病院からのもので、われわれと別れたあと松本で中央線に乗る頃には高熱となり、息苦しく、茅野の家までは帰れず、諏訪で降りて病院に運ばれたとのこと。そして肺炎と言われ一か月間の絶対安静となってしまったが、今日はそろそろ退院してもよいと言われたなどと書かれていた。
私は別れ際の妙な赤ら顔が気になったが、やはり病気だったのか。それなら豊科で降りてもらい、看病してあげればよかったのにと悔やまれた。

私の学生時代は終わり、山から帰ってからは河北病院でのインターン生活が始まり、医者の真似事をしながらも忙しい毎日となった。

そして夏も過ぎる頃、小母ちゃんから葉書をもらった。伊豆の伊東に転地を兼ねて引っ越したこと。ときどき上京するので一度お目にかかりたいとあった。私も是非お会いしたいので、ご上京の節は電話をくださいと返事を書いた。

秋も終わる頃、私は十か月ぶりで小母ちゃんと新宿で会った。伊豆の伊東という温暖な町が、体には良かったのだろう、すこぶる元気そうに見えた。小さなレストランで八方尾根の思い出やら、これからの生き方などを話しているうちに、「匡さん、もしよければ息子の山の道具。ピッケルとかアイゼン、リュックなど使ってくださらないかしら」と小母ちゃんは言ってくれた。

戦後間もないあの頃は、それらの山道具は本当に貴重品であり、喉から手が出るほどの嬉しい申し出ではあったが、当時、私はやっぱり医者の道を歩かなければならぬのだろうと考え出した頃で、もうそんなに山には入らないと決めていた。私は「本当にありがたいお気持ちですが、私なんかよりももっと有能な若い山男にあげたほうが道具は生きるはずです」などと話した。

別れるとき「これからも山の話を聞かせてください。それと僕の結婚問題も相談させてください」と言ったら、小母ちゃんは嬉しそうな顔をして頷いた。亡くなった息子さんのことを思い出していたのかもしれない。

本当にキチンとした言葉と態度でありながら、ユーモアのわかる温かい方だった。


今、私の手元に近藤聡子さんからいただいた手紙が一通だけ残っている。

昭和二十八年の消印が、なんとか読める。これは私の手紙への返事である。

「この夏も白馬方面の山にゆきましたが、その後この山に来るたびに、貴君や藤森氏のことを思い出します。今回も山で当時（昭和二十四年三月）の思い出を、友達に語って聞かせました」「お父様のご逝去のおり、よほどお訪ねしようかと迷いましたが、遠慮させていただきました」「山で貴君のお知り合いの方に会うと、必ず貴君の話が出てご結婚あそばされたことも伺いました」「お若い方々が段々に成長され、勉強され立派な社会人として健全な歩みを続けておられるご様子を見ると、嬉しく頼もしく存じます」「まだ山を捨てずにおられると伺い、これまた嬉しいお言葉です。忙しいなかから貴重な時間を作り山にゆくと、また違った思いをするものです」「一度ゆっくりとお目にかかりたいと存じます。貴君は相当な皮肉屋さんでしたから、ちょっとコワイみたいでもあります」

等々が便箋五枚に書かれている。まさに母親のような手紙である。あの頃、学校は出たけれど医者になる自信はないなどと言っていた私のことを、大変に心配してくださったのを思い出す。

本当に懐かしい、私にはこの五十年近くの間、忘れ得なかった方である。

私は近藤聡子さんのことは長い間、書いておかなければならないと思い続けながら、もう五十年近くの歳月が流れてしまった。それゆえ、ここに書いたことも幾分その正確さは薄れてしまっているとも思う。従って、近藤さん個人のことについては私の想像も入ってしまっている。その点は近藤さんやその関係者の方々には申しわけないこととなってしまったかもしれないが、お許しをいただきたい。

平成十一（一九九九）年二月

山のあなたの空遠く

私の勤めている四階建ての病院は、横浜市の外れの小高い丘の上にある。東南には雑木林が迫り、西北の坂の下には大きな林や残された畑が広がり、その周りの緩い丘陵には新しい住宅が立ち並んでいるのが望める。そして遙かその先には町田か相模大野あたりのビルが小さく見える。その西、奥深くには丹沢山塊がほぼ南北に並び、左手から大山、塔ノ岳、丹沢山、そして一番高い蛭ヶ岳（一、六七三メートル）へと続く。大山と塔ノ岳は連なっているように見えるが、この間には国道七十号が走っており、その路にヤビツ峠もあるのだから、だいぶ離れてはいるのだ。また北の高気圧が強く北風の吹くときには、塔ノ岳と丹沢山の鞍部あたりの上に雪を被った富士山が顔を見せるが、太陽の当たり具合でひどく大きく聳えて見えたり、または頂上が、ばかに平坦に見えたりするが、その雄大さは見事である。

小雨が降り、丹沢山塊に灰色の雲が流れると、山稜の襞の間に薄雲が溜まり、その姿にもぐっと奥行きが増す。また厳冬の頃は丹沢も雪化粧をする日がある。東からの太陽に照らされて、見慣れた山並みもちょっとした高山の姿となり、威厳のある山容となる。

「山もお化粧をすると、綺麗になるな」と私が思わず呟くと看護婦さんは片目をつぶって私を睨む。

冬の雲一つない北風の吹く日には、北東遙かに赤城、榛名の山も見え、その左手の奥に真っ白な、丸々とした高い山が見えることがある、私は浅間山だろうと思っている。つまり「山座同定」を楽しんでいるのだ。


私は一年中、見晴らしの良い病棟から山々を眺め、その昔に登った、それらの山の思い出に浸り楽しんでいる。このことがあるので、私は病院を辞める決心がなかなかつき兼ねているのかもしれない。

数々の山を眺め、いつも思うのは、私はもう死ぬまで、あの山々には二度とは行けない年齢なのだということである。それを考えると無性に寂しい。もう登れないのは仕方がないとして、若いときに山に入るために通り過ぎた山里なら行けるのではないか。そんなときにカール・ブッセの歌を想い出す。

『山のあなたの空遠く、幸い住むと人はいう、ああ、我一人旅ゆきて涙さしぐみ帰りきぬ』

今の私にもあの山嶺の裏側には楽しいことがあるのかもしれない。

そんなことを思いながら、家に帰り丹沢の北側あたりの地図を広げていると「青梅街道」なる路が青梅市の先、奥多摩湖畔を走り、やがて北上して高度を上げ、やがて大菩薩嶺の北側の柳沢峠を通り、塩山に入っているのを知った。国道四一一号線であり、峠に登るところなどを大菩薩ラインなどと称している。私は正直なところ青梅街道と名付けられた路は新宿から青梅までのものだと思い込んでいたので驚いた。

四月の末、この時期なら新緑が、どの山間を走っても最高のときだと思い、好天の朝、思い切って車で青梅街道へと出かけた。私は青梅にゆくまでの路の混雑を予想し、遠回りだが関越道路に入り、川越の先で圏央道へと曲がり、青梅に向かった。全般に車も少なく世田谷の私の家から青梅まで一時間も掛からずに着いてしまった。

青梅と言えば戦前に父はゴルフ仲間の方たちと、疎開をするかもしれないと共同で多摩川の渓谷沿いの高台に一軒家を借りていたことがあり、当時、私も遊びがてら幾度か行ったものだ。あの頃の青梅は静かな町で、駅を出て川のほうに少し歩くと人家も消えて、桑畑が続いていたのが印象的であった。今回は中心街を抜け、駅前も通ったが、交通量も多く活気のある町となっていた。二十分も走ると街は終わった。

左下、遠く近くに多摩川の流れを眺めながら、右に左にと曲がり、幾つかのトンネルを過ぎていくと、小河内ダムの堰堤の先に、水を満々と湛えた奥多摩湖が見えてきた。思ったよりも広々とした湖で、両岸の山々に迫られたなかにある。ここまで来てその山の斜面を覆う森林の緑、その陽光の下、ひと口に緑と言っても、これほどまでに多彩な緑があろうとは思ってもみなかっただけに、その美しさに車から降りてしばし見とれてしまった。

私は今までに多くの新緑の山にも登ったはずだが、このように輝く斜面に、かくも多種多彩な緑があるとは、これまでについぞ気がつかなかったのを知らされた。高い遠くの山稜近くの淡い緑は唐松だろう。少し下がって浅緑、萌葱《もえぎ》色、一段と濃い木賊《とくさ》色《いろ》の塊もある。残念ながら木の名前がわからない。幹が白っぽく光るのは楢だろうか。そしてこの山間のなかに二、三本の山桜が赤みがかった若葉のなかに咲いている。それとは別に背の低い細い枝に小花をつけた桜。これが豆桜と言うのかもしれない。これらがなんとも言えず、静まりかえった春の風情を感じさせ、木々の緑を引き立たせる。人っ子一人いない湖畔の道で、私は新緑に囲まれ、その空気の甘い香りに酔っていた。

街中の川堤などで、ソメイヨシノの連なり咲く豪華とも言える美しさとはまったく違った、素朴な、控えめにも見える山での桜の姿を眺めて、私はこれが本当の花見だろうと思ったりした。

「敷島の大和心をひととわば、朝日に匂う山桜かな」

わび、さびを愛でた日本人の花はこの山奥で人知れずにひっそりと咲く桜であったのだ。たしかに一瞬にして咲き一瞬にして散り去るソメイヨシノはいささか華やか過ぎるし、またこの花の誕生は徳川時代に駒込、染井の植木屋さんが作った桜なのだから、平安時代などにあるはずはない。つまり、その昔の王侯貴族の花見とは都大路ではなく、少しく山辺に入って若葉に囲まれて、一人静かに咲く山桜であったのだ。

車を走らせ登ると、湖も幅を狭めてきた。長いトンネルを抜けて右に大きく曲がると視界が少しく開け、小さな村が山裾近くに見える。村に入るとお婆さんが二人、道端で立ち話をしている。私は車を降りてお婆さんに尋ねた。

「このあたりに鴨沢という村はありませんか」

「ここが鴨沢だけど」

「そうですか。昔はこんなに近くに湖はなかったはずですけど」と言うと、「あんたは随分昔のことを知っているね。ダムが段々に大きくなってきて、この村が湖の底に沈んだのは昭和三十二年だったからね」

私はそれで納得した。

話が少し逸れてしまうが、私には鴨沢から雲取山へのルートには一つの思い出がある。

私が雲取山（二、〇一八メートル）に登るべく、仲間と二人で氷川からオンボロバスに乗り、鴨沢に着いたのは昭和二十五年頃の四月初めの夕方であった。あの頃の村はもっと平坦な地形のなかの街道筋にあったのを覚えている。その晩は木こりなどが泊まる木賃宿で寝たが、一晩中、蚤の襲来に悩まされたのも懐かしい思い出ではある。今の村にはそんな家はありそうになく、こざっぱりした家々が並んでいた。

実は、その前日の午後、氷川駅に着き改札口を出ると、われわれの登山者の服装を見て一人の若者が尋ねてきた。

「どちらの山に行かれるのでしょうか」

「雲取ですが。今夜は鴨沢に泊まって、明日は七つ石からのルートの予定ですが」

「実は私はY・Mの山岳部の者ですが、三週間ほど前にわれわれの仲間が、皆さんの行かれるルートで雲取に入ったのですが、帰ってきません。大変にご迷惑ですが、登られる途中で何か手掛かりになるようなものを見られたら、ご連絡願えますでしょうか」と一枚の名刺を渡された。

翌朝、晴天のなかわれわれは村を出るとすぐのところから急坂となる山道に入り、樹林帯の日も差さない道を登り出した。森のなかは気温も低い。左手、下の深い谷にはまだ沢山の残雪が見える。今年は雪が多かったようだ。昨日知らされた遭難者は、この細い雪路でスリップでもして左の急斜面を滑り落ち残雪のなかか、生い茂る熊笹のなかに身を沈めてしまったのであれば捜索も容易ではない、などと思いながらその谷に目をやりながら登った。なにか悲しい気分の登行であった。

深い樹林がどこまでも続いたが、それでも右手にあるはずの赤指山を巻き終えたのか、稜線が少し明るくなってきた。そんなとき、道に一抱えもある倒木があり、腰掛けるには都合が良いので、二人は当然のように腰を降ろしたそのとき、仲間がその大木の下にあった金属製のシガレットケースを見つけた。二人は一瞬押し黙った。なかには二、三本の湿り切った煙草が入っていた。私はケースをハンカチで包みリュックに入れた。もしもこれが遭難者のものであることが確認されれば、彼はこの地点よりなおも上に行っていることになるだろうと思った。私は帰ってからこの品は郵送した。

私たちは東京と山梨との県境である尾根路に出て、七つ石山を登り、雲取小屋に着いた。夕暮れが迫っていた。こんなことがあったので、私は五十年経った今でも鴨沢という地名が忘れられないのである。

さて、湖のどん尻と別れ、青梅街道は右手の急坂を登る。道は相変わらず完全舗装である。丹波山の村も直進して大菩薩ラインをゆく。なにも大げさになんとかラインなどと名付けることもない、普通の舗装された山路である。左手の鶏冠山（一、七一六メートル）の裾を巻くのだから、このあたりも一、五〇〇メートルの高度はあるのだろう。先ほどまで見ていたような、思わず見とれる新緑はない。木々の高さも低く、いまだに芽吹かないものも多い。やがて坂を登り切って下りにかかる。ここが柳沢峠なのだろうか、標識もなかったようだ。少し下がったところに茶屋があったが、客は一人もいない。おでんがよく煮えていた。若い主人が手持ちぶたさのようなので、甲州ワインを一本買ってしまった。

ここからは、くねくねと曲がる路を下り、裂石温泉の団体専門のような派手な宿の前を過ぎて塩山に出た。青梅からはゆっくりと走っても六時間ほどのドライブであったのか。

私は高速で中央道を下り、野辺山のわが小屋に入った。その夜は、先ほど買ったワインを楽しんだが、これが結構旨かった。

翌日はさらに「山のあなたの幸い」を求めて、私は野辺山から佐久市のほうに下った。そして臼田に出て、幾度か通ったことのあるコスモス街道を登り、内山峠への長いトンネルを抜けた。荒船山の下である。下ってゆくと「左折・神津牧場」の標識が目に入った。子供の頃父に連れられていったところだ。私は懐かしくなり、ハンドルを切り、左手の急な坂道を登り出したが、稜線を越すまでにはかなりの時間がかかった。やがて右下に広々とした牧場の柵が現れ、その先の雲一つない中空には、思いもよらず大きく、がっしりとした浅間山が横綱のように構えていた。いまだに多くの雪をまとい、左手前の前掛山の尖った山頂も荒々しく見えた。

車を止めた高台は北風が強く、長くは立っていられなかったが、私は思いがけなく雄大な浅間山の一面を見て嬉しくなった。この山は私にとっては一つの心の古里である。私は昭和七年頃から戦後しばらくの間、夏ともなれば沓掛（今の中軽井沢）の家で過ごし、家のベランダからは浅間は一望のもとにあったのだが、山があまりにも近過ぎて、おとなしい山容に見えていた。噴煙は必ず群馬側にたなびかせていた。

山の姿とは不思議なものである。遠くから見れば必ずしも山は小さく見えるものでもなく、近くから見れば山が大きく迫ってくるものでもない。また見る角度、天候によっては山容がまったく一変してしまうこともよくあることである。山は生き物である。

山を下り、関越道路には下仁田から入り、東京に帰った。

たった二日のドライブで、特にプランも立てずに走ったのだが、私にとってはたしかに、「山のあなたの空遠くには幸いが住んでいた」と思えた小さな旅であった。

平成十一（一九九九）年四月

「湯の町エレジー」と南百城

なんだか、妙なテーマだが、このことは書いておきたいと思う。

まず初めに南百城《みなみもも き》君について一言。この男は私にとっては、かけがえのない長い間の友人であり、また山の仲間でもあった。昭和十三年、青山学院中等部に入ったときの同級生だから、もう六十年あまりの家族ぐるみの付き合いであったのに、なんと一昨年の三月に、腹部の動脈瘤破裂で急逝してしまった。私は呆然としたし、彼のことをあまりにも知り過ぎて、思い出しても寂しくもなるので、彼のことを書くのも辛く、もう二年近くが経ってしまった。

さて、ここで話が変わる。

昨年のたしかクリスマス・イブの日の読売新聞の夕刊に「古賀メロディー　国境を越える魅力」という桜井健二氏の評論記事が載っていて、帰宅途中の電車のなかで読んでいて、私は驚いた。まずこの記事の大略を書くと次のようなものである。

十一月三十日、東京文化会館・小ホールで夢のようなコンサートが行われた。ソプラノ歌手、藍川由美とウィーン・シュランメル・アンサンブルによる古賀政男作品の演奏会である。

私は大げさに言えば一瞬、わが目を疑った。古賀メロディーとクラシック歌手、藍川さんのソプラノ。そしてこの一回限りの演奏会のために、わざわざウィーンから来日した伝統ある四人のアンサンブル奏者。いったいなにが起こったのか。桜井氏はさらに以下のように書いている。

藍川の歌が加わり、古賀作品の「人生の並木道」を初めとする十七曲が次々と演奏された。それにしても古賀メロディーという、日本でしか成立しないと思っていた作品の数々を、こうもやすやすと、しかもウィーンの演奏家が、しかも自分たちの音楽であるかのように親しみをもって演奏してゆくとは驚きである。あまりの楽しさに、歌の間奏曲ですら、もっと長く続けてほしいと願ったほどだ。また「湯の町エレジー」などの叙情的な繊細なギターのソロも見事。

そして、なぜ地球の反対側に住む彼らが「古賀メロディー」をこんなにもよく知っているのだろう、と。そしてその理由として次のように書いている。

古賀作品のなかには仏教声明をはじめ、ヨーロッパのハバネラのリズムやジプシー音階などの国境を越えた音楽的要素が織り込まれており、昭和十三年に出版された古賀自身の編曲による楽譜には、すでにシュランメル音楽の楽器編成に似た形で書かれていた。

とのことだったのである。そしてさらに、

藍川がそれを見直し、古賀作品の知られざる多彩な音楽的魅力を改めて立証したのがこのコンサートであった。

と。私は藍川由美という音楽家の、日本の歌曲と歌謡曲の違いはなにかという疑問に対する挑戦ともいえる演奏会であったのではないだろうかと思った。本当に素晴らしいことをしてくださったと私は感動もした。

このようなことを知ると古賀政男という作曲家は昭和十三年に自らの曲を編曲するに際して、シュランメル音楽の楽器編成についての知識を持っていたのはたしかなようだ。

さて、また話は変わる。

私は若いときから歌謡曲はあまり知らなかったが、一つだけ、そのメロディーが頭にこびり付いている歌がある。それは古賀政男の「湯の町エレジー」であった。この歌を初めて知ったのは昔の話で、いささか誤っているところもあるかもしれないが、ともかくこの曲との出合いは、たしか昭和十五年頃か。西暦でいえば一九四〇年、東宝映画で黒澤明の脚本、谷口千吉監督で三船敏郎の初主演だったと思うが「銀嶺の果て」という映画があった。大東亜戦争の始まる前の年で私は中学三年、新宿東宝という映画館にこれを観に出かけたのは、雪山を舞台としたシーンがあると知ったので行ったまでのことだったのだが。ちょうど、私が「山」にのめり込み出した頃であったのだ。

この映画はいわゆる刑事もので、最後に犯人が冬のアルプス、後立山の黒菱の小屋に逃げ込もうと、その山里の人気のない雪の町にたどり着く。そして画面には、その雪に覆われた峨々たる八方尾根の白馬岳、唐松岳そして五龍、鹿島槍と続く峰々が遠く近くに写し出された。私は感動してこの山並みを見るために幾度か映画館に足を運んだ記憶がある。そして、この逃避行で山に入る前夜、凍てつく田舎町、雪を被った赤提灯のぶら下がる、客一人いない居酒屋で、犯人役だったか、たしか三船が酔いながら、流しの男の弾き語りの「湯の町エレジー」に聴き惚れる。別れた初恋の女の噂をたよりに、もしや会えるかもしれないと湯の町を流し歩くギター弾き。この場面は六十年経った今でも私の頭のどこかに鮮烈に残っている。きっと、このメロディーがそうさせるのだろうと思っている。

この場面は美しく、大らかな雪の八方尾根とは対象的に、人間の心に宿る切なさを見せつけていた。あの頃でも私は心を締めつけられるような哀愁を感じたのを思い出す。静まりかえった小さな店のなかでの犯人と刑事の消え入るような会話、そしてギターの音。この旋律は名曲だったのだ。

また話が変わる。

昭和三十年も終わる頃か、冒頭に書いた私の友、南君と伊豆のスカイライン・カントリークラブというゴルフ場にたびたび出かけていた。小田原からスカイラインというハイウェーを上がり、さらに三十分も走ると、このクラブに着いたのだが、そこまでの間の伊豆半島の中心に連なるあの穏やかな、なんとも眠気を催しそうな丸々とした山並みをを眺めていると、いつも誰からとなくこの歌が出たものだ。

伊豆の山々　月淡く　灯りにむせぶ　湯の煙
ああ　初恋の
君をたずねて　今宵また　ギターつまびく　旅の鳥

なんとなく、このメロディーに皆が唱和して、窓の外に目をやりながら、それぞれにこの曲を思い起こしたりしたのだが、そのとき、突然、南君が言ったのだ。

「このメロディーはまさに名曲だ。作曲者、古賀政男はベートーベンにも匹敵する音楽家であることを証明している」

この一言があまりにも突飛だっただけに、私たちは唖然として誰一人反論もしなかった、あのときのことを今でも私は克明に覚えている。

南君はたしかにわれわれよりは音楽の才はあったし、ピアノも巧みであった。私の家に来てはよくクラシックのレコードを聴いていた。


私は初めに書いた桜井健二氏の「古賀政男……」の音楽評論記事を読んで、まず思い起こしたのは、親友南百城のあのときの言葉「古賀政男は日本のベートーベン」であった。なるほど、南君の音楽感覚はたしかなものであったことを、この評論で私は改めて実感した。彼が今生きていてくれたなら、私は早速この話を彼にしたであろう。彼はいつものように「当たり前だ」と言ったに相違ない。

来月の百城の命日には、このことを墓前で報告しよう。

平成十四（二〇〇二）年一月

私にとっての四月十八日

今年も四月十八日が来る。

昨年の九月九日、私は妻、栄子を亡くした。二月に脳出血で倒れ、手術を受けた。幸いに夏には支えてあげれば階段も上れるまでになっていたのだがったが、九月に入り、肺炎を併発し、死を迎えてしまった。私にとっては最後の幾日間はあまりにも呆気なくて、動転してしまっていた。

昨年の春頃からか、女房は「来年は金婚式の年」と急に言い出した。それまで結婚記念日のことなど滅多に口に出す人ではなかったので、私もいささか虚を衝かれた思いで「そうか、五十年経ったのだな」と正直なところ感無量でもあった。

私たちの結婚は昭和二十七年四月十八日、たしかに女房の言うとおり平成十四年は私たちの金婚の年であったのだが、女房はその記念の日を待たずに他界したのだ。私はそのことがなんとも彼女に可哀相なことだったとしみじみと思った。たとえ彼女が健在であったとしても、大げさな祝いなど私たち二人はするわけはなく、私は子供たちや孫に囲まれるなかで、女房に最敬礼をするぐらいだっただろう。

実は明日がその十八日なのだ、私は女房の位牌「高蘭慈栄大清姉」の前で、少し神妙にお参りをして金婚のお礼を言わなくてはと思うのだが。もっとも天国にいる栄子は「パパ、そんなにていねいに頭を下げないでちょうだい」とテレて言うだろうなどと勝手に考えている。

さて、もう一つの四月十八日のことを書いておきたい。

それは昭和十七（一九四二）年の年のことだ。大東亜戦争、つまり日本と米英蘭の国々との戦いの始まったのは、その前の年の十二月八日である。開戦後、ハワイとマレー沖海戦で勝利をあげて四か月も経っていない四月十八日、米軍の帝都初空襲が、真っ昼間にあったのである。その日のことを私は相当に明確に思い出せる。それは当日の私の日記が残っているからで、このノートは、その後、空襲で家が焼かれたときに防空壕に放り込んでおいたので、今も手元にあるのだ。その変色したノートに目をやりながらそのときのことを書いておく。

昭和十七年のその日、「土曜日。天気良し、東風あり。そして礼拝のときに警戒警報が出たのを知った」とある。当時、私は青山学院中学部の五年生であり、キリスト教の学校として毎日の礼拝の時間はあったのだが「戦争が始まって以来の初めての警戒警報、なにをするではなく、授業も土曜日ということで午前中で終わり帰途につく」。

戦時下とはいえ開戦から四か月、そんなに厳しい戦時体制もなく、私は「普段のごとく学校で昼飯をとる」。そして国鉄（今のＪＲ）の山手線で渋谷から新宿に来て中央線に乗り換え、東中野で降り、東口を出てしばらくは商店街の続く、北に向かう太いバス道を歩いていた。春らしいのんびりとした午後で、この道の両側は、やがて住宅街となり、そんななかに三越の社員寮のコンクリートの建物が、雑木林に囲まれてあった。「三越寮の前に来たときダッダンと大音響が二回した、すぐその後、猛烈な飛行機の音、低空で東から西南のほうに去った。その直後、太い大音が続いたが、これは高射砲なのだろう。飛行機は双発で、その翼に青色の☆のマークが私にはハッキリと見えた。支那軍機か」「しばらく歩いて内藤さんのお宅の前にきたとき空襲警報が出て、慌てて走って家に帰った」「原田さんの小母さんが来ていた。三階の部屋に上がると、早稲田方面に黒煙二本、大久保あたりに白煙。これには驚いた。しばらくして彰が帰ってきた。弟は敵機は爆弾を落として逃げたと興奮していた」「いとこ（氷室佐葦子）から電話があり『大久保方面がやられたそうだが、無事ですか』と言ってきた」「なるほど大久保方面には先ほどから白煙が上がっている。それに黒煙も出だした。母は用意の服装（モンペのことか）をしている。ぼくも防火用水の水を貯《た》めた。午後遅く彰が医者から帰ってきた。早稲田方面は大変だという。爆弾は何キロだとか、皆が騒いでいたと。五時半に警報は解除された。夕刊には『京浜に敵機来襲、被害なし』とあったが、これではわからない。ラジオのニュースでは太平洋岸の都市に少数の爆弾を落とし、東京には四個、死者三名とか。ぼくは眠れず午前二時まで起きていた」

この日記帳によれば次の日の明け方にまた、警報が出たりしている。朝早く父が大阪から帰ってきて汽車は時間どおりに動いていたと。

そして二十日には父は日比谷公会堂で講演をしたり、母は従姉妹たちを連れて前進座の芝居を観にいったり、また私も二十五日から野宿をしながら表丹沢を縦走している。今考えると、空襲などの恐怖はまるでなかったような調子であり、驚いてしまう。人間なんてどんな状況にも案外、のんびりと適応してしまうものなのだと思う。

私は戦後七年目に結婚しているのだが、その結婚後の幾年かの私の結婚記念日である「四月十八日」の新聞には、ときに小さな記事として「ドーリットル率いる米爆撃機数機が、初めて帝都を空襲した日」などと書かれていた。それで私は自分の結婚記念日とアメリカの初空襲の月日が重なっていることに気がついて、妙な気持ちになったのは覚えている。女房には言わなかったと思う。

自分の家が空襲で焼けたのは昭和二十年五月だが、そのとき、日記帳だけは防空壕に放り込んでいたことは、前に書いた。

話は変わる。

このような雑文を書いた後日、「文藝春秋」平成十四年五月号を開いていたら「四・一八東京初空襲『オレンジ色のマフラー・吉村昭』」と「東京の戦争、歴史探偵報調査報告・半藤一利」という両氏の論文が載っていた。ちょうど私も、当時のことを思い出しながら書いた後にこの雑誌を読んだので、その偶然に驚いた。そんなことで少し書き加える。

まず、半藤氏の論文に、東京に飛来したB25、六機の飛行経路なる図が載っているが、まさに私が目撃した一機は超低空で、早稲田方面から中野駅方向に飛んでいった。

ドーリットル隊長機である。私の真上を飛んだので、とても操縦士の姿は見えなかったが、双発の爆撃機で☆のマークだけはハッキリと見えた。私はなんと乱暴な飛行ぶりだろうと思いながらも、その爆撃機が敵機であるという実感はなかなか湧いてこなかった。そして空襲警報が鳴って、早稲田通りを横切ってわが家に駆け込んだ。

この論文によれば、戦後の調査で、その日の死者は約五十名、負傷者は四百名であったそうで、そんな大被害があったのかと、今になって改めて驚いてしまった。

後になって知ったのは、十六機の爆撃機を空母ホーネットに積んで太平洋を渡り、東京近くに来て飛び立ち、少しばかりの爆弾を超低空で落とし、そして中国大陸に幾機だかが不時着しているが、当時、大陸にも日本の占領地帯があり、そこで捕まった敵機もいたのだ。どうもあまり効果的な空襲飛行ではないだろう。なぜ、アメリカはこのような作戦に出たのだろうか。単なる脅しに過ぎなかったのだろうか。

私も七十六歳。妙な体験をしたし、まさかその後に四月十八日が私の結婚記念日になるとは……妙な話だ。

平成十四（二〇〇二）年五月

III 創作

朝霧

先日、私の本棚の片隅に古びた紙袋があるのに気づき、開けてみるとその昔に書いた雑文が詰め込まれてあり、そのなかから私が初めて書いた戯曲『朝霧』が出てきた。その色褪せた粗末な原稿用紙に触れながら、青春時代をたまらなく懐かしみ、読み返した。

昭和二十二年十二月記とあるから、私の二十二歳のときである。

『朝霧』という題は、芹沢光治良氏にこの駄作を読んでいただき、付けていただいた思い出がある。そのとき、先生が「阿部知二さんの作品にある題ですが」と言われたのを覚えている。

出てきた原稿用紙もボロボロなので、私の青春時代の一つの思い出として、このつまらぬ作品を書いたままにワープロに入れておこうと思う。

これを読むと、敗戦直後のあの時代の私や友達、そしてあの廃墟東京の街を思い出す。懐かしい。

時……昭和二十一年　秋
所……東京の中流家庭
登場人物……　母……五十二歳
　　進……二十五歳
　　啓子…二十二歳
　　進の友人　松田…二十六歳
　　啓子の友人　千代子…二十二歳

第一幕　進の部屋　夜

舞台……青年の部屋らしい雰囲気。上手《かみて》に机と椅子。本が乱雑に散らばっている。中央に座り机と火鉢。

啓子が椅子に座り、本をかたづけながら拾い読みしていると、母が編み物を手にして入ってくる。

母　「あーら、ここにいたの。進の部屋は昼間、日がよく入るので、こんな時間になっても暖かいわね」母、座る。
啓子「お母さま、もう十時よ、お休みになる時間でしょう」
母　「でも、隆に坊やの手袋、編んでくれって、頼まれているからねぇ」
啓子「お祖母ちゃま商売も楽じゃないわね。隆兄さんはいつも坊やのことで頭がいっぱいみたいね。この間もお姉さまが、笑っていたわ。それにしても、進兄さん、こんなに遅くまでどこに行ったんでしょう」
母　「今日、午後、松田さんが来てね」
啓子「あら、松田さんがいらしたの」明るく言う。
母　「そう、あなたが買い物に出ていたときに。それで二人でお友達の家に行くと言って出掛けたの」
啓子「松田さんと一緒じゃ、またお酒飲んでいるのよ。二人とも本当に飲むのが好きね。いやね！　進兄さん、お酒なんか止めればいいのに。軍隊に行って覚えてきたのはお酒ぐらい。亡くなったお父さまも、隆兄さんも、そんなに召し上がるほうではなかったのに」

――間をおいて――

母「そう、進が復員してもう一年になるのね」

啓子「たしかに一年経ったわ。疲れ切って、痩せて、ボロボロの軍服で帰ってきたわ」

――二人ともそのときを思い出し黙る――

母「ねえ、啓子、この頃、進、なんだか変わってしまったみたい」

啓子「変わったって？　大丈夫よ。お茶淹れましょうね」

――啓子　下手《しもて》より退場。母　火鉢に目を落とす――

――啓子　茶器を持って登場――

母「進は軍隊にとられる前は、あんなに明るい子だったのに。この頃は、大学でラグビーをしていた頃とでは、まるで変わった子になってしまったようで。それでもどなたか見えているときは、楽しそうにしているけど、一人になるとこの部屋に一日中、入り切りだからね。なにかあなたに言わないかい」

啓子「別になにも……でも、私もこの頃、進兄さんのこと気になるの。隆兄さんのところに行っても、喧嘩のような議論をしているようだし。松田さんとも二、三日前にここでやっていたのよ。そんなことで私も一度、松田さんに尋ねてみようかと思っていたのだけど。お母さまも隆兄さんに、それとなく話してみたら。たしかに進兄さん、変わったわ。軍隊に行ったせいかしら。それに私のこと頭から子供扱いですもの」

母「子供扱いはしていないでしょう」

啓子「子供扱いでもいいの。ただなんとか昔の進兄さんになってもらいたい。どこかにお勤めになったらどうかしら」

母「でも、なにか考え過ぎているようで、今のままでは無理でしょう」

啓子「じゃあ、お嫁さんもらったら。きっと落ち着くわよ」

母「お嫁さんに気の毒ですよ。ホ……」

啓子「千代子さんどうかしら。あの方、とても良い方よ。それに千代子さんもお兄さんのこと好いていらっしゃるみたい」

母「千代子さんは良い方ね。啓子のお友達のなかで、お母さんは一番好きよ。進が出征するときには、なにかとお世話になったわね。それは進だって、千代子さんなら文句のつけようがないでしょうけど。だけど、兵隊から帰ってからの進を見て、千代子さんがどう思っているのかしら」

啓子「このあいだ、お会いしたとき、兄さんのこと気にしていらっしゃったわ」

母　「進のことも大事だけど、あなたも自分のこと、そろそろ考えてよ」
啓子「あたしは、のんびりと。あ！　お兄さん、帰ってきたわ」
――啓子　退場――
――玄関のほうで啓子の声、
「お帰りなさい。あら、松田さん。お母さん、松田さんもご一緒よ」――
――母、立ち上がり、二人を迎える。二人は肩を組んで登場。ともに酒が入っている――
進　「おやおや、お母さんまだ起きていてくれたのですか」
――進と松田、挨拶して座る――
松田「どうも遅くなってすみません。あれから岡本の家に行ったら、親父さんに捕まって、とうとう飲まされて、例によって議論です。進は少し飲み過ぎているようなので、送ってきてしまいました」
母　「本当にご迷惑ばかりかけて」
進　「礼を言うことはないよ。お互い様だ。（進、ゴロリと横になってしまう）おい、松田、お前は今日、俺に馬鹿に食ってかかってきたな。なにが言いたいのだ。いや俺にはお前の言いたいことは、ちゃんとわかっているよ。だが、お前の言っていることは、俺には身に染みてこない。春の風だ。お前の話は活字の羅列だ。言葉じゃない。魂の叫びではない。俺には肯定できない」

松田「わかったよ。議論はまたにしよう。遅いので帰ります」

母「よければ泊まってゆかれたら」

進「おい、帰るな！　お前のようなやつは、言葉遊びをするインテリの、最も悪い標本なのだ」

松田「お前は自分だけをいじめて、未来を考えない最低人間の標本だ。じゃ失礼します」

――松田、母、啓子　退場。進、起き上がって薬罐から水を口飲みして、また横になる。しばらくして母、啓子　登場――

母「大丈夫なの？」

進「うん、大丈夫。そんなに飲んだわけじゃないけど、皆が僕を攻撃するので、少し興奮してしまった」

母「啓子、お兄さんのお床とってあげなさい。明日またゆっくりお話しましょう。あたしは寝ますから、あとは啓子、お願いしますよ」

――母　退場。啓子　床を敷き、進を寝かす――

啓子「お兄さん、お酒止められないの？」
進「うん」
啓子「お母さまも、心配しているのよ」
進「うん。（しばらくして）啓子、水をくれ」
啓子「お兄さん！　この頃、ますます暗いわ。どうなさったの。千代子さんも気にしていらしたわ」
進「千代子さん！　彼女には俺のこと喋るな。彼女と俺はもうまったくの別人種になってしまったよ。今さら、仕方がないんだ。今夜は皆が俺を人間的じゃないと言うのだ。俺は心外だ。今、自分の今までの生き様、これからの生き方、その真実を考えていたいのだ。周りから見れば、今の俺の生活はアブノーマルかもしれない。しかし　俺に言わせれば、俺を非難する連中のほうが、人間性に対して簡単に妥協する自己欺瞞者だ。啓子にはまだわからないだろうけど」
啓子「わかるわ！　お兄さん、今夜はなんでも話して。啓子だってもう子供じゃないわ。進兄さんが兵隊から帰ってきて、変わってしまったこと、私には驚きだったし、とても淋しいことだった。たしかにお兄さんは、今、苦しんでいらっしゃる。でもなにが一番お兄さんを苦しめているのか、話してくれなければ、私はなにもしてあげることができないじゃないの」

──啓子　涙声になり、進　驚いて啓子の顔を見上げる──

進「もういいよ、泣くなよ。俺がどんな生活者になっても、啓子は俺の妹だ。でも今は俺のこと、考えなくていいよ」

啓子「お兄さん。明るくなってちょうだい！　真っ直ぐに正しく美しい人間を求めてちょうだい！」

進「啓子までがそう言うのか。真っ直ぐに、正しく、美しく。もちろん、俺だってそれを求めたいと思うよ。だが、その前に知りたいことは、何が正しく美しいのかということだ。また誰がそれを決めているのだということだ。絶対に正しいもの、そんな大したものがあるのか。俺にはわからない。真実！　それは啓子の追う夢で、俺の世界ではない。啓子が一生かかっても見られない夢かもしれない。

世の中は不正と背徳とペテンとインチキ、偽善、そんなものの渦巻きだよ。真理も純粋も絶対もありゃしない。そんなものは通用しない。そうだ、それが人間の本性なんだよ。自ら悩み考えたことが、周りの人間によって瞬時に価値のないものとなり、さらにインチキ呼ばわりされるのだ。俺はいわゆる、特攻くずれだ。俺は自分の死ぬ日を自分で望んで決めた男なんだよ。死ぬ日を決めたんだ！　苦しかった！　死ぬことよりも、自分でその日を決めることがさ。ところが、戦争が終わった日から俺はこうやって生きている。自分で決めた死ぬ日が過ぎてからは、今度は目茶苦茶に生に対して執着を持ってきたのだ。生きたいのだ、生きていたいのだ。ただ生きていたいだけ、自分のためじゃない、社会のためじゃない。家族のためじゃない。ただ死にたくないからなのだ」

啓子「お兄さん、もうわかったから止めて。もういいの。落ち着いて」

——啓子　進の布団に顔をふせ泣きじゃくる。しばらくして進　興奮から覚めたように——

進「俺は特攻を志願したのだ。死ににゆくのだから俺なりに考えたのだが、今になると俺はいったいなにを信じていたのだろう。神などという大げさなものではなく、自分の信仰のようなものを失ったよ。

復員して一年近くになる。それなのに生活のための仕事もしない。馬鹿な、間抜けな、男らしくない兄さんだと思うだろうな。しかし、今の兄さんには、自分の心の決着がつくまでは、なにもできない。本当の自分、それを背負って一生生きてゆけるだけのものが欲しいのだよ。

この俺の気持ちは周りの人にはわかってもらえないと思うよ。淋しいことだけど。

　でもそれが人間なんだね。人間は孤独なんだ。どんなにしても、お互い誰をも理解しきれるものじゃない。それを期待することが誤りなのだ。俺は今まで人間をあまりにも高く評価し過ぎていたようだ。人間は動物なんだ」

啓子「お兄さん、わかったわ、わかったわ！　でもお兄さんは間違っている！　進兄さんだって人間としてこの人間社会のなかで生きているのよ。沢山の人の力で、お互いに生きていられるのよ。と同時に、人間はその社会になにか一つでも善をすることが、人間の社会に対する義務なのよ。それは大事なことだと思うわ。

　人間は自分が、また社会が少しでも進歩、向上することに努力しなければならないのよ」

進「向上する！　なにがいったい進歩なんだい。俺はアメリカの空母に自分の体を叩きつけることが善であり美であると思ったことがある。今から思うと、うすっぺらな感情だ。これからも、そんな感情に負けていたら、俺の命はいくらあっても足りないよ。俺が最善だと、信じたことが最悪だったのだ。いったい人間は自分を納得させる、自分の真実を見つけられるのか。いや、求められないのだ。俺は海軍に行って、それだけはハッキリとわかった。――間をおいて――

俺が啓子の言うような真面目な人間になったとする。少しでも神さまに近付こうとすれば、自分をいつも偽らなければならない。それではいつまで経ってもこの俺はわからない。俺はいったい、馬鹿なのか利口なのか、善人か悪人か。悪人なら悪人らしく徹底したペテン師になることだ。日によって善人ぶることは周りの人に、迷惑をおよぼすのだ。

南京やフィリッピンで日本の兵隊が非人道的な行動をとったという。日本人だからやったのではない。人間だからだ。人間が最後のドタンバまで追い詰められたとき、自分で自分の感情や行動が、そうさせてしまったのだ。日本人と言うよりも、人間とは恐ろしい動物なのだから」

啓子「もうお話は止めてちょうだい！　お兄さんは自分で喋って自分で苦しんでいらっしゃるのだわ。お兄さんは人間は動物だなんて恐ろしいことを、おっしゃる人ではなかったのよ。

進兄さんが堕落を願う。そんな馬鹿なことが。お兄さんは誠実過ぎるの。自分を誤魔化すのではなく、変化させてゆくことも純粋なことよ。

お願い！　啓子の言うことも聞いてちょうだい！」

――進はボンヤリと天井を見つめている――

――幕――

第二幕　前幕より一週間後

進の部屋　朝十時頃、啓子が部屋の掃除をしている

松田「やあ。お早う」
啓子「あら、いついらっしゃったの？　知らなかったわ」
松田「進はいないの？」
啓子「おりますよ。今、起きたところだから、洗面所でしょう」
松田「相変わらず寝坊だね。どう、お兄さん少し落ち着いた？」
啓子「お陰様で、いくらか。わたしも随分、兄と議論しちゃったわ。でも兄の気持ちがだんだんわかってきて……なんだか悲しい。
　この頃、千代子さんが心配してくださって。たびたび、進兄さんに会ってくださっているのよ。今日も、今お電話でここにお出でになるそうよ」
松田「千代子さんならいいな。あの人はクリスチャンだったね」

啓子　「そうよ。あの方は美しい考えをお持ちの方。でも神というものを知ろうとされたのは、学生時代の進兄さんの感化もあるのよ」

松田　「まあ、飼い犬に手を嚙まれる類かな。千代子さんのような人が進を見守ってくれれば、彼もこれ以上に荒れることもないだろう。ぼくなんかだと二人ともついムキになってしまい、お互いにわかっていながらも平行線になってしまう。進には今、彼の気持ちの細かいことまで、理解してあげる人より、そんなものを無視して、大きな気持ちで接する心、そう愛だろうな、それが必要なのですよ。ぼくにはそう思えてきた。進の持って生まれた魂を呼び起こすことなんだ」

啓子　「松田さん、あちらでお茶でもいかがですか」

松田　「ありがとう」

――啓子　退場、松田も立ち上がるとき、進　登場――

進　「よう、早くからどうした」

松田　「いや、君が旅行に出ると聞いたので。どこにゆくんだい」

進　「二、三日中に発ちたい、四国の親父の郷里へ。ぼんやりしてくるよ。どうも東京では刺激が強すぎて、頭がまとまらない。気が狂うよ」

松田　「それは良い。しばらく都会から離れるのも必要だよ。帰るのはいつ頃？」
進　「親父の命日が十二月だから、その頃かな」
松田　「じゃあ、一か月だね。一人でまた考え込むなよ。どうも君は悲劇的だから」
進　「なにが悲劇的だ。君みたいに俺はラフにものを考えられないんだよ。中途半端は真っ平だ」
――啓子の声　「お兄さん、千代子さん、お通ししますよ」――
松田　「じゃあ、俺は失敬するよ。元気でな」
――松田　退場、千代子　登場――
千代子「ご旅行ですって」
進　「ええ、四国へ」
千代子「ご旅行と伺って、ちょっと驚いて来てしまったの。お話したいことがあるような気がして」
――千代子座る。進はデスクの椅子に腰掛けている――
千代子「家にありましたので、おリンゴ少し持ってきました。召し上がる？」
進　「ありがとう」
――進　苦しげにうつむく。煙草を忙しげに吸う。千代子も話が切り出せない――

千代子「私、進さんがご旅行にお発ちになる前に、どうしてもお話ししようと決心しました」
進「なんのことですか」
千代子「貴方のことよ」
進「僕のこと？　それなら話さなくてもいいですよ。第一、貴女と僕とは人種が違うのですから」
千代子「そんなことはありません！　わたしは進さんの高等学校時代からのお友達です。海軍から帰られてからのことも、お母さまや啓子さんに聞いています」
進「わかった。だから何も言わないでください。帰ってきてからにしてください。お願いしますから」
千代子「だからお発ちになる前に言いたいのです。今日はわたしの話すこと、聞いてください」
――啓子　お茶を持って登場――
進「おい、リンゴいただいた。剝いてくれないか」
――啓子　退場、千代子　思いつめたように――
千代子「私は今日、馬鹿な女だと言われようが、心から嫌われようが、仕方がないと思ってきました。ただ、言ってしまわなければ、たまらなく苦しいからなの」

進　「貴女は僕になにかを言えば言うほど苦しくなりますよ。貴女は現在の僕を本当にはわからないのだ」

千代子「それは進さんご自身のことだわ。貴方こそなにかを言い、なにかを考えて苦しんでいらっしゃる。貴方は勝手にご自分でご自分の世界を作り、そのなかに無理に閉じ籠もろうとなさっていらっしゃる。それでご自分でご自分を処理できなくなってきているの。

貴方は徹底さを求めた。貴方は堕落を求めながら少しも堕落なんかしてはいないわ。なぜなの、なぜなの、言ってちょうだい！」

進　「止めてくれ！　僕はやっぱり弱虫なんだ！」

千代子「そうじゃないわ。貴方が堕落できないのは不安があるからだわ。ご自分が不安なの。それが最善の道だと決められない不安。貴方がご自分を最後のところで放り出せないなにか。平たく言えば、貴方の人間としての良心と言えるかもしれない。

貴方が死にたくても死に切れないのも、それは貴方が弱虫だからではない、貴方に勇気がないためでもない。貴方の良心！　進さん、わかってくださるでしょう」

進　「違う、違う。貴女は本当の僕を知らないのだ。僕の頭を叩き割ってみなさい。空洞なんだ！」

千代子「貴方は、なにか目に見えるものしか信じようとなさらないの？　そしてこの宇宙から見れば虫けらのように小さい頭脳によってわかるものしか信じようとなさらないの？

　それじゃ、あの美しい悠々と流れる雲に見とれることがないの？　愛も詩も空想の世界も否定なさるの！　そんなのいや！」

――啓子　静かに登場――

千代子「啓子さんもここにいらして」

啓子　「はい」

千代子「私、進さんを信じています」

進　「止めてくれ」

千代子「言わせてください。今日で貴方とはお別れになるかもしれないと思ってきたの。

　進さんの今のお苦しみ、魂と温かい心との葛藤なのだわ。貴方は戦時中の行動を反省しながら、そのときのご自分の心の問題までは反省し切れない。だから お考えが分裂してしまうの。そしてその後、必ず、貴方は自分を統一され、飛躍されるのだわ。私が神を信じようとしたときの悩み、それは今の進さんの苦しみに比べたら本当に浅いものだったと思うわ。進さんは軍隊で『死』というものを自分の肉体で一日一日と感じながら生活なさったのですもの。特攻隊を志願されてからの毎日、私には本当に想像もできない、なんと残酷な苦痛だけの生活だったのでしょう。そのときの苦痛が今もなお進さんを苦しめている。それは貴方が今もなお向上なさろうとされている方だからだわ。

私が神を感じたときの苦しみ、それは私のような者にとってもつらい悩みでした。人間の子であり、大工さんの子であったキリストが……」

進「キリストは神様というものだ。この俺とはまったく異なった世界の人だ。冗談は止めてくれ」

千代子「違うわ！　キリストは人間よ。それも三十歳まではごく平凡な大工さんだったのだわ。三十のときに悩みのなかで大きな啓示を受けて救世主の生活に入られたのよ。それまでは泣き、笑い、叫ぶわれわれと同じ人間だったのよ。そのキリストが強い意志と勇気により信仰を説く。最後には裏切られて十字架で処刑されてしまうのだけど、裏切り者をも許し、人間の歩む道を示してくださった」

進　「ああ、僕にはわからない。与えられた神を素直に信じるなんて」

千代子「もちろん、私が神に近づくためには、悩みが足りな過ぎるわ。でも、私は一歩でもキリストに近づききたいの。そう思ったときわたしは信者になっていたのかしら。今でも信仰を恐ろしいと思うことがあるの。信じている自分になにか罪があったらどうしようと思うからなの。でも私は勇気を持って信仰している。そしたら大きな気持ちになれて、冷静にもなれたみたい。ああ、私、随分と偉そうなことをお喋りしてしまったわ。私は今世の中で一番進さんを尊敬しているの」

進　「からかうのを止めて！」

千代子「キリストがヨルダンで洗礼を受けて、四十日四十夜、荒野で苦しまれた。その苦しみが今の進さんの苦しみ、これは言い過ぎではないことよ」

――千代子は興奮して泣き声になり、啓子も顔を上げられない。進は机に頭を載せ、両手で抱える――

千代子「私は信仰をしてくださいと言っているのではないのよ。私の言ったこと、考えていただきたいの。貴方を心から信じている女がここに一人いることも知ってね。良い旅であることを祈ります。私、失礼するわ」

——千代子　泣きながら退場、啓子　慌てて立ち上がる——

啓子「千代子さん、待って」

——幕——

第三幕　前幕より一か月後　父の命日　進の部屋　夕方

旅行から持ち帰ったトランクが開き、物が乱雑に飛び出している

——進と松田　登場——

進「ああ、疲れた。まったく東京は寒いね。しかし暗い寺でわけのわからぬお経を聴くのも苦痛だね」

松田「しかし、これもしておかないと落ち着かないよ」

進「親父も死んでもう五年か。いろいろあったな」

——間をおいて——

松田「昨日、帰ったんだってね」
進「夜、遅く。汽車はそんなに混んでいなかったけど、やっぱり疲れたね」
松田「どうだった？　田舎の生活は。少し太ったな」
進「久しぶりだったので歓迎してくれた。初めのうちは俺が妙に考え込んでいたので、皆に心配をかけてしまったよ」
松田「なにか考えてきたかい。俺は期待しているのだけど」
進「どう？　俺、少し変わらないかい。本当に良い経験をしてきたよ。結局、君たちの言葉に素直になれてきたよ。俺は生きなければならない。死ねなかったからじゃない。生きてゆく義務がある。俺は、田舎で日暮れどき、紅葉の始まった丘の上で、晴れ渡った夕焼け空のなか、真紅の大きな太陽が刻々と峰のなかに沈んでゆくのを眺め、あまりの美しさに呆然としていたとき、突然、体の中がすっかり清められてゆくのを感じたのだ！　なんだったのだろう？　発つ前に、千代子さんが『いつか貴方に心が統一されるときが必ずくるのよ』と言ったけど、その意味が少しわかったよ。あの人は俺を救ってくれたんだよ」
松田「素晴らしい話だよ。彼女に報告したのか」
進「まだだけど。後でゆっくりと話すよ。俺は目茶苦茶に働きたくなった。それで帰りに大阪の岩崎を訪ねたんだ」
松田「へーえ、今どうしているんだい」
進「彼は今貿易の仕事をしていて、今度東京に支社を作るのだそうだよ。適当な人が東京にいないので、困っていたのだそうだ。それで、彼に俺の就職の話をしてみたら、俺にどうしても支社長になれと言い出し、俺も引き受けてきたよ」
松田「本当かい。素晴らしい飛躍だ。皆さん喜ぶぞ。親父の命日に良い話だ。さあ、皆さんのいる座敷にゆこうよ」
進「俺はちょっと普段着に着替えてゆくよ」
——啓子　登場——
啓子「なにをなさっているの？　叔父様たちさっきからお待ちよ。早く来てください」
松田「啓ちゃん、進が今度会社に勤めるんだよ」
啓子「お兄さん、本当なの？」
進「本当さ。もうボヤボヤなんてしていられるかい」
——啓子、進にしがみついて——
啓子「千代子さんに報告しなければ」

進 「うん、俺から後で言うよ」

啓子「お兄さん、セーター姿じゃ駄目よ。皆さん紋付きよ」

進 「いや、久しぶりに自分の部屋に帰ったんで、ハハ……」

松田「ハハ……。呑気だな。社長さん、務まるかな」

——三人で大笑い。母と千代子　登場——

母 「なにを楽しそうにしているの。呼びにやった啓子までが、こんなところで座り込んでしまって」

啓子「ごめんなさい。でも大事件なの」

松田「千代子さん、貴女はとうとう進を感化した。偉い！」

進 「千代子さん、本当にありがとう」

皆の笑顔のなか、進は千代子の肩を抱きながら退場。千代子の頬に大粒の涙が流れた。

——幕——

昭和二十二年十二月三日　作

後記

ワープロに打ち直してみたが、三十六年前の自分を昨日のことのように思い出した。当時の日記を見ると、十二月三日のところに「『朝霧』を二日間で書いた」とある。そして、「戦後、いつも頭のなかでモヤモヤしていたものを、少しでもまとめたいためと、S子から受けた感化の印としての作品」とも書いてあった。

たしかに戦争と死、宗教などは当時の私たちを悩ませた大きなテーマであった。誠に幼稚な文章ではあるが、若かったあの頃の悩みの一端が出ているように思う。懐かしい。

平成五（一九九三）年十二月

雪見旅

「国境の長いトンネルを抜けると、雪国であった。夜の底が白くなった」

言うまでもなく川端康成の「雪国」の書き出しであり、素晴らしい一節である。読む人をして思わず雪国の幻想の世界に引き込んでしまう。川端はこの雪国という言葉のなかに、静寂さ、純粋さ、そして沈黙と苦悩のなかでの人間の儚さを持たせたかったのだろうと、公二は若い頃から思っていた。

雪国への想いは寂しさ、そのなかにこそ、その人の本当の姿が浮かび上がるのではないだろうか。

公二は六十五歳の定年を前に、長い間の仕事であった外科医から身を引いた。人の命を預かり、しかも自分の手を患者さんの肉体に下す仕事に、疲れ果ててしまった。自分は医者向きではないと思い続けてきただけに、その仕事は毎日がハラハラドキドキの連続でもあったのだ。そんな公二の性格を飲み込んでいる妻の啓子は「貴方が疲れているのわかっていたのだけど……。今のお仕事辞めてちょうだい。少し二人でのんびりしましょうよ。お仕事に邪魔されない貴方の生活をさせてあげたい」

そんな言葉で公二も決心がつき、間もなく病院を辞した。

仕事を辞めて家にいることが多くなり、久しぶりに昼間の啓子の生活に触れることができた。数年前から啓子は油絵を習いにいっている。公二は絵を画くことの知識はまるでないが、鑑賞することには積極的で、幾度となく啓子を伴い絵画展などに出かけた。どちらかと言えば強烈な、やり切れないような絵、ゴッホの類がなんとなく好きではあった。啓子が習い始めた頃の絵は、いかにも素人遊びの静物ものばかりで、公二もあまり興味もなく、その後、忙しさもあって彼女の作品はなに一つ見てはいなかった。

病院を離れてからは、先輩の診療を手伝いにいったりしていたが、公二にとっては気分的にも落ち着けた。好きな本を書斎に持ち込んで、社会に出てから初めての自分本位の生活ができた。啓子も、いつもなにかイライラしているような公二を見ることがなくなり、安らいだ気分にもなれた。

白いものが落ちてきてもおかしくない、灰色の冬の日のことだった。朝から北向きの狭い画室に入ったきりの啓子が、昼を過ぎても食事の仕度に出てこない。公二はたまには彼女の作品でも見せてもらうかと、ドアをノックをした。

「パパでしょう。どうぞ」

その部屋に入ると生の油絵具の強烈な匂いが立ち込めており、啓子は小窓を背にして、キャンバスに向かって座り、乱れた髪も気にならない様子であった。

「ごめんなさい。なかなか区切りがつかなくて」

「気分が乗っているときは、なにもかも忘れて続けることだよ」

と言いながら公二は啓子の後ろに回り、その未完成の絵を見て一瞬、虚を衝かれたように息を呑んでしまった。それは公二の思ってもみなかった、荒々しい画風である。

二人はしばし無言でその未完成の作品を見詰めていた。公二は両手を啓子の肩に置きながら、

「驚いた。素晴らしい」

公二の声は小さかったが、明らかに感動している様子がうかがえた。

四〇号ほどのキャンバス、画面の上のほうは、暗い灰色の絵の具が厚みをもって、水平の縞模様に塗り込められ、その下の面からは、次第に白の平板な世界に移ってゆく。そんな背景のなかに真っ黒な垂直模様が、画面の下半分に、太く細く、まばらに、不規則に並ぶ。その黒の縦の荒々しい線が、雪を被った古木にも見えるし、そして、

なにもかも諦め切って、雪道をとぼとぼ歩く人影にも見えてくる。音一つない凍てつく線影の世界。

公二は今までに、何事によらず啓子が荒々しく怒りをぶつけたのを見たこともない。子供にも優しすぎるほどの母親であった。そんな女性がどうして、こんな粗削りとさえ思える大小の線を濃く、あるいは、かすれさせて描き、力強くなにかを訴えようとするのであろうか。公二は今までに知らなかった啓子の奥底にひそむ頑固とも思えるたくましさを感じた。

「この絵のモチーフはなんなんだろう」

しばらくして公二は尋ねた。

「さあ、人間が沈潜してしまいそうな、音のない世界かしら。きっと貴方の影響よ」

「これは雪国かい」

「そんなイメージを持っているのかもしれないわね」

静かな声であった。

「いい色もあるね。僕の好きな色。あの佐伯祐三の画にあるような、くすんだ……」

二人は東京生まれの東京育ち。その昔、スキーに出かけたくらいで雪国のことは知らない。

「啓子、雪を見にゆこう。明日」

突然、公二はかすれた声で言った。

「明日行くの、どこへ？」

啓子は嬉しそうに振り向いた。


ここ数年、東京には雪らしい雪は降らない。そんなことからも公二は、雪景色を見たい想いを、毎年つのらせていた。その間、公二は割合に近い雪国のローカル鉄道の旅をいくつか考えてはいた。その一つが米坂線である。

翌日、東京は朝からみぞれ混じりの雨が降り、冷え込んだ。

「こんな日に気まぐれな旅に出るなんて。おかしな二人ね」

啓子は笑った。

「雪見の旅には最高の日だよ。きっと東北は雪だね」

公二はうきうきしている。


米沢には昼過ぎに着けばよいということで家を出た。

このローカル鉄道、米坂線は奥羽本線の米沢駅と羽越《うえつ》本線の坂町駅を結ぶもので、山形県でも指折りの豪雪地帯を走る鉄道であり、この天候でこの地方を走れば、きっと素晴らしい雪景色を満喫することができるだろうと、公二は啓子に説明した。

山形への新幹線が福島を過ぎて登り坂にかかり、スピードが落ちた頃から窓の外は完全な雪の世界に入った。黒々とした森、葉のない寒々しい林、高くもない山々が、灰色の低い雲のなかにまだらな白で覆われて見える。人里はない。一瞬、猛烈な吹雪が窓を打った。公二と啓子は息を呑んで、この黒と白の素朴な雪の流れる風景を見つめ続けた。そうなんだ、この景色を啓子に見せたかったのだと公二は思っていた。

乗客の誰一人、窓に顔を寄せている人はなく、もう雪にはうんざりという表情で黙り込んでいた。

米沢は氷雨であった。

二人はこの駅に降りるのは初めてである。東北の小都市の駅。閑散としている。そんな構内の案内所の壁に「常夏のハワイ・グアムへ」などと書かれたポスターを見ると、この寒空で雪を見るために米沢にまで来てしまった二人は、妙にチグハグな気持ちになり笑い合った。

駅前のロータリーには除雪されてできた白い小山がいくつも見られる。

米坂線の発車までには一時間以上も待たねばならない。この天気では街を見物する気にもなれず、寒いし空腹を感じた二人は、少し先にそば屋を見つけ、入った。

「静かな街ですね。繁華街は遠いのですか」

「遠くはないけど。大体こんなもんだよ」と店の小母さんは無愛想に答えた。

公二も米沢についての知識はない。江戸時代の名君、上杉鷹山の城下町で、織物が盛んなことと牛肉の味噌漬けが有名なことぐらい。そんな話をしながら山菜そばとお銚子一本を頼んだ。あくまで静まりかえった街である。

時間が来たので駅に戻ると、米坂線のホームは0番であった。北国の雪と寒さに鍛え抜かれたような、ペンキの剝げた二輌編成のディーゼルカーが止まっている。乗客は二十人もいない。ほとんどが通学の高校生のようである。

待望の列車は十四時五十分に動き出した。各駅停車で一駅を過ぎると市街を抜けて、雪に埋もれた田んぼが広がり、小さな村落が点在し、その先になだらかな低い稜線が続く。送電線の高い鉄塔がどこまでも続いているのが、この風景のなかで妙に不釣り合いに見える。車窓のガラスが曇り、絶えず拭き取らなければならない。ゆっくりと流れてゆくありきたりの東北の田舎の冬景色を、二人はそれぞれの想いで飽かずに眺めていた。

まったくの静寂の国である。人の動きはまったく見あたらない。先ほどまで乗っていた、近代的なスピード列車から、このローカル線に乗り換えると、時代を逆戻りした気分にもなるが、好きこのんでこんな旅をしている自分もおかしな男だと、公二は思った。

大分高いところにさしかかった駅のホームの駅名表示板は、雪に埋もれて読めない。

以前に小国駅で降りると温泉があると聞いたことがあるので、二人はその駅で降りた。この沿線のなかでは一番大きな駅のようである。構内に小さな売店があるだけで、ほかにはなにもないのでそこの小母さんに尋ねてみた。

「温泉はどの辺でしょうか」

「温泉と言っても、このあたりのは沸かし湯ですよ。もっとも一時間くらい山のほうに入るといい温泉はありますけど、タクシーだと一万円はとられますよ。温泉なら今降りた列車にそのまま乗って、越後下関にゆけばいい宿がありますよ」

二人は慌てて列車に飛び乗った。

売店の親切な小母さんに教えられた駅に降りたのはわれわれ二人だけで、改札口を出ても誰もいない。時刻は四時をとっくに過ぎている。

見ると駅の事務所に駅員さんが一人いる。

「すみませんが、この辺に温泉宿があるそうですが、バスでもあるのですか」と声をかけてみた。

「いやぁ、バスはありません。お客さんお泊まりですか」

「そのつもりで来たのですが」

啓子は不安になってきた。「温泉には一時間もかかりますよ」と言われるのではないかと思うほど、駅の雰囲気は観光離れしている。

この駅員さんは大変に親切な人で、二、三か所に電話をしてくれて旅館を決めてくれた。

「この辺では一番の宿です。ご老人夫婦の方だからサービスするように言っておきました。それからタクシーを呼びますが、代金は旅館で払うように話しておきましたから」

老人夫婦と言われて二人はいささかギョッとしたが、周りから見ればそのとおりなのかもしれないと頷き合った。

宿は荒川温泉峡の一角にあり、目の前に川幅一〇〇メートルはある水量豊かな荒川が大きく蛇行しながら流れ、対岸にも旅館らしき家が幾軒か見られ、その周りは今朝から見続けた、灰色の雲の下、白と黒の寒々しい風景である。

昨日の午後には想像もしていなかったところに来てしまったことが、啓子にはなにか不思議でならなかった。こんな行動が普段では感じられない満ち足りたものに思え、なんの変哲もない雪景色に感動さえ覚え、早くあの描きかけの絵を完成させたいと思い始めた。

公二は湯量豊かな大風呂につかり、窓の先の屋根に積もり、滑り落ちそうな雪を眺めていた。ネオン一つないこの雪国の温泉宿に、満足して湯から上がった。

部屋に戻ると夕食が並べられていた。ハタハタ鍋、蟹、山菜もの。そして大きな皿に鯛の刺身が出てきた。今年は日本海では鯛が豊漁とのことで、そのシコシコした歯触りに、啓子はすっかり感激したようだった。

「せっかく酒どころ、新潟に来たのだから、おいしい酒を何本か頼みます」

「地酒なら『菊川』ですけど」

年増のお手伝いさんの二人に対する親切なサービスも、気分をよくしてくれた。

啓子も珍しく、恰好だけでも飲んでいる真似をした。

公二は少し飲み過ぎたようで、食後しばらくして床に入ってしまった。急に思いついて旅に出て、本当に良かったとしみじみと思っていた。

「東京から近いのに、なんだか随分遠くに来てしまったような気がするわ」

「今朝、家を出たなんて信じられないよ。不思議だな」

啓子はお茶を淹れ、駅で買った蜜柑を剝いている。そんな姿を公二は見ながら二人の昔のことや、これからのことなどを、ぼんやりと思っていた。

「考えてみれば、きみはよく僕のような貧乏医者のところに嫁に来てくれたね。きみの両親は反対していたのに」

「そうだったわね。でもあの頃、二人は人生に対しても、生活についても真剣で、真面目だったわ。貴方はいつも前を見ろと言ってた。それに引かれたのね。それと、もし私が貴方に結婚を断ったら、貴方は話し相手を失って、目茶苦茶になってしまうのじゃないかと思ったの。自惚れね」

「そうだっただろうな」

公二は本音でそう思った。

公二はそんなことを言ううちに静かな寝息をたて出した。

啓子は少しの酒に頰がほてりながらも、頭が冴えて寝つけなかった。

これからも二人、良い老人夫婦として助け合って長生きしたい。それとあの公二の褒めてくれた絵を早く描き上げたい。題は「雪国」にしよう。そんなことなどを次から次へと考えていた。

窓が薄明るくなり出した頃、公二は目覚めた。啓子を起こさぬように部屋を出て、誰もいない大浴場に行った。温泉宿での朝湯。湯に身を沈めながら、昨夜の啓子との会話を思い出しながら、僕らは贅沢な旅はできなかったけれども、こんな名もなき東北の素朴な宿で、二人とも満足している。啓子の母親が、いつも「公二さんはお金に縁のない人ね」と言っていた。たしかにそのとおりであったが、僕の人生はこれで良かったのだと思いながら、風呂を出た。

相変わらずの寒々とした曇り空。時間もあるので昨日降りた駅まで小一時間、残雪を踏む感覚を楽しみながら、人気《ひとけ》のない道をゆっくり歩いた。なにか若やいだ気分の二人であった。

駅にはあの親切な駅員さんがいたので、厚く礼を述べ、新潟行きのガラガラの列車に乗った。動き出すと駅員さんは二人に向かって挙手の礼をしてくれた。心温まる風景であった。

新潟から東京までは新幹線で二時間。旅情もなにもない鋼鉄の弾丸列車である。景色を楽しむ隙もない。二人は黙り込んでいるうちに、東京駅の雑踏のなかを歩かされていた。

このたった二日の小さな旅。二人には随分と長い時間のように思えた。なぜなのかわからない。乗る列車も決めず、宿も予約しない。気ままな旅が、こんなにも楽しいものだとは啓子は思ってもみなかった。そして夫の性格は本当は楽天家なのかもしれないと密かに思った。

完

平成六（一九九四）年六月

枯れ葉

やっとの思いで高次は一人、都会の生活を離れることができた。

高速道路は空いていて、東京の家から三時間はかからずに、八ヶ岳山麓の、誰もいない自分の小さな山小屋に着いた。車を降りてみると、小屋の前に立つ表札まがいの板切れの「鈴村高次」のペンキ字が半分剝げている。半年ぶりの山であった。十月も末近く、海抜一、四〇〇メートルのそのあたりは、周りに散在する別荘には人気《ひとけ》もなく静まりかえり、車のドアを閉める音が妙に鋭く響く。晩秋というより、もう初冬の張り詰めた空気である。夕陽もそろそろ八つの稜線にかかりそうな時刻になっている。落葉し出した黄金色の唐松林の上に、あの秋の空が広がっている。

「今夜は思った以上に冷えるな」と高次は気持ちが引き締められるのを覚えながら小屋の鍵を開けた。

この夏、四十年間の臨床医生活に踏ん切りをつけた。急な辞職で病院の人には少し迷惑をかけたかもしれないが、いずれは辞めなければならぬ年齢なのだし、この数年はなんとか老いぼれないうちに、一人で十日でも一月でもこの小屋で生活し、過ぎてしまった自分の人生や、やがて間近に訪れるであろう死についても、できればゆっくり考えておきたい。それが高次を東京から追い立てた一つの理由でもあった。

部屋に入り、一人住まいのための整理をしたり、石油ストーブや風呂に火をつけたりしているうちに、陽はとっぷりと落ちて窓の外は真の闇となっていた。高次は自分がなんとなく興奮しているのに気付いていた。それはきっと仕事上の仲間たちや家族の誰にも気を遣うこともなく、久しぶりに自由な時間が持てるのだということからきているのかもしれないと感じていた。少し落ち着いて明日からのことを考えようと、戸棚からウイスキーを取り出し飲んでみた。

自分が動かなければ音一つしない世界である。

一風呂浴びてから、来る途中で買ってきたつまみやら握り飯を食卓に並べ、やや飲むうちに、眠気を覚え、ベッドで横になった。こんな時間に眠くなるなどあり得ないことであり、さらに毎夜悩まされていた、あの金属的な小さな音、耳鳴りがしない。高次はまさにわが耳を疑った。東京から持ってきた朝刊を広げているうちに、活字がぼやけてしまい、深い眠りの底に吸い込まれてゆくのが自分でもわかった。

目を覚ますと、もう夜が明けかけていたが、小窓の外は昨日とはうって変わって薄暗い。黒々とした唐松の幹を彩る黄金の葉の間を乳白色の濃い霧が、ゆったりと音もなく北の台地のほうへ流れてゆく。高次の求めていたあの幻想の世界。重々しい霧が小屋を包み、去ってゆく。この静寂のなかの霧の動きに、書斎の窓から長い間見入っていた。

寒さもない。虚脱感もない。頭のなかがこの霧で満たされ、心も洗われてゆくような、清々しいとさえ思える感覚である。

突然、遠くの県道あたりからか、絶え間なく鳴らす車の警笛が聞こえた。この霧では鳴らしたくもなるだろう。高次は一瞬、我に返り煙草に火をつけた。夢から覚めた心地であった。

音のない世界にまた戻ると、ソファーのなかでまた夢心地の無我の境地に引きずり込まれてゆく。

書斎の小窓の外は、相変わらず流霧だ。

高次は改めて自分の年齢を思った。七十年近い年月が、なんと早く過ぎ去ってしまったことか。消えゆく自分の人生の空虚さに驚いてしまう。本当に語るべきものもなかった過去であったのか。

そうだ。その過去の流れを、一人静かにこの小屋で反芻し、自分で自分を評価してやろうと思ってここに来たのではなかったのか。厳しく見つめてやろうじゃないか。そんな開き直った気持ちにもなってきた。

椅子に身をしずめ、目を閉じていると、想いは少年時代から始まる。昭和十年前後の日本は街も静かで人情もあり、心もゆったりしていたような気がする。もう幾年も前に亡くなった両親のことが、急に思い出されてくる。優しい両親であった。

子供の頃、高次の住んでいた当時の東京の郊外、落合にも小さな鎮守の杜があった。普段は人影もない。楠《くすのき》だろうか、大木が三、四本、大きく枝を伸ばし、薄暗く子供心には薄気味の悪いところであった。それが夏の夜の祭礼日ともなると、突然、狭い境内の木々に電灯の提灯が列をなして吊るされ、子供相手の夜店が並ぶ。なんという変わりようだ。アセチレン灯の妙に甘酸っぱい匂いが立ち込める。毎年この夜になると高次は母にねだって買ってもらうものがあった。それは子供の掌ほどのブリキの小舟で、細い小さなローソクを入れると、舟はポンポンと気泡を出して、大きな盥のなかを進む。高次には魔法の舟としか思えなかった。この舟は新宿のデパートなどでは絶対に売ってはいなかっただけに、貴重な舟でもあったのだ。目を上げると粗末な神楽殿の上で、ピーヒャラ、ピーヒャラとおかめ、ひょっとこがおどけて踊る。なんの踊りかわからない。

そして今、普段思ってもみなかった、自分を取りまいていた昔の情景が、頭のなかを駆けめぐってゆく。高次を子供の頃から可愛がってくれた、沢山の人たちの顔が次々と鮮やかに目に浮かぶ。幾人かの方たちは戦争で亡くなっている。

二、三日来の霧も晴れたが、晩秋の高原にはあの夏の色鮮やかな草花はない。濃緑色というよりも、むしろ黒と言ったほうが良いような、唐松を主にした林が続くだけだ。

昭和十二年に日中戦争が始まり、そして十六年、ついに太平洋戦争へ突入した。高次の旧制中学四年のときであった。翌年、中学は出たが戦争のことを考えると、どんな方向に進むべきか、高次には皆目判断がつかなかった。

高次の父親は新聞記者であり、外国生活も長かったからか、この戦争の行き着く先を悲観的にとらえているようであった。あの敗戦の年の二年前には「必ず空襲がある。今なら材料も手に入るから」と庭先に深い大きな防空壕を作っていた。その頃、親父のすることは目茶苦茶だと高次は思ったし、近所の人も「何をお作りになっているのですか」と訝しげに尋ねたものだった。

進学の方向も決められぬまま、高次は一年間浪人した。父親が、この戦争を見定めるために一年間の浪人は良いことだと言ったのには、高次は驚いた。

この浪人時代、われわれも遠からず死ぬであろうという気持ちにもなり、受験勉強などには熱が入らず、父親の書斎から持ち出した徳富蘆花全集を読み、なかでも『思出の記』に感動し、それにつられてトルストイに入り、試験の迫る頃はドストエフスキーの『カラマーゾフの兄弟』にのめり込み、作中の作者の分身と思われるアリョーシャに心酔した。また、文豪トルストイの最期は、家出をしての自殺であったのではないか？　そのことを知り、理解できぬやり切れなさを感じたものだった。

高次は今その頃を想うと、たしかに自分の思想の大きな部分が、大げさに言えば当時の将来への絶望のなかで、あの文学作品の数々が、ひたひたと自分の心の中に染み込んでいくことで築き上げられてきたのだ、と改めて感じたりした。その頃の日記に高次は「馬鹿と言われようが、お人好しであれ」と書いたりしている。

昭和十八年、山本五十六連合艦隊司令長官がソロモン島上空で搭乗機を撃墜され戦死した。その発表の日、作家の吉川英治は新聞に「司令長官が戦死してしまうほどの大戦争なのだ」という一文を載せた。高次には、国民になにかを決意しなければならぬときが来ていることを、暗示している文章に思えた。そして長官の死以後、国民は勝てる戦争ではないことを次第に感じ出し、一方、若者は国を残すために死ぬしかないと覚悟し始めていた。

翌十九年、身近な先輩が続々と入隊し出し、高次の兄も海軍に入った。父親は高次に「医学部を受けてみないか」と言い出した。徴兵を延期されるのは、その頃はもう医学部しかなかったのだ。高次は「国を守るために、兵隊になる」と言い張った。

「若い人たちが皆戦死してしまったら、戦争が終わった後の日本はどうなるのだ」

「それは、お父さんが考えればいい」

「犬死にはいかん」

こんな言い争いをするとき、母親も側にいたが、最後には三人ともいつも涙声になっていたことを鮮明に思い出す。

高次はあの暗い、防空電灯の下の親子の悲し過ぎる対立を忘れることはできないし、両親と言い争ったことは一生のうちでこの事柄しかなかった。

両親の希望によって一つだけ医学校を受けた。受験科目に生物も化学もなかったためか、合格してしまった。高次をなんとも複雑な気分にさせた合格であった。

その年から高次の同輩にも次々と召集令状が来て、入隊し出した。連日のように暗い街を歩き、東京駅や上野駅に見送りにいき、校歌を歌ったり軍歌を怒鳴ったりした。そして令状の来ない自分の立場がひどく卑怯に見え、高次はますます萎縮してゆく気分であった。

敗戦の年の五月、高次の家も空襲で焼失した。

その夏、戦争は終わった。なんとか死なずにすんだのかというのが実感であった。戦争が終われば医学校を退学しようと高次は決めていたが、いざ終わってみると、行きたい学校は皆焼け落ちており、いつ募集するかもわからぬという。父親は「こんな混乱期は長く続くだろう。ともかく手に職を持つことだ」と言った。

こんな若いときのことを思い出していると、静まりかえった晩秋の高原では、その遙か昔の情景がますます濃密になって、なんとも心に迫り、寂しさが増してくる。

小屋に入ってから、二日に一度は、朝早く野辺山駅の小さな売店に行き、新聞を買う。夏の盛りの華やかさはなく、木々の影も薄い。人影もなく静まりかえっている。周りに咲き乱れていた夏の秋桜《コスモス》の花は、もちろん消えている。その足で、駅前のスーパーまがいの古びた暗い店に入り、食料品や酒を買う。そんなとき、店の小母さんとひと言ふた言、口をきく。考えてみれば、この十日ほど会話を交わすのはこの小母さんだけだったのだ。高次は会話のない生活が、案外自分には適しているのかもしれないと思ったりした。

高次がここに小屋を建ててから、もう十数年は経つ。その頃から買物に来ている店である。それにしても、この小母さんは十五年、顔も容姿も少しも変わらん人だなと高次は思った。もう五十だろうが、ややうりざね顔の美人系。化粧もせず、髪を後ろにきりりと束ねている。初めてこの店に来た頃、小さな子供たちが店の奥から飛び出してきたりしていたが、子供が店で騒いでも、小母さんは一切怒らなかったのを高次は妙に覚えている。そう言えば、先刻、店の奥の薄暗いところで品物を整理している青年がいたが、小母さんに体型が似ているので、その昔、店で走っていたあの坊やかもしれない。その青年を見ていると、高次は自分の老いるのも無理からぬことだと感ぜずにはいられなかった。たしかに老人と見られる歳になっていることを、改めて思い知らされた。

フランスパンにチーズを載せ、齧りながらビールを飲んでいるうちに、また思い出が頭をよぎり出した。

高次が医者になって二年間は父親の希望もあり、外科の病院に勤務したが、患者さんを診ている間はいつも、ミスを冒してはいけない、命に関わることだという恐怖感めいたものが心にあったし、さらに自分は兵役逃れのために医学部に行った卑怯な男だったのだという自己嫌悪にも悩まされた。その頃、医学書を読みかえすよりも、織田作之助から始まって太宰治、坂口安吾そしてキルケゴールを耽読していたのが思い出される。

高次はそんな悩みを両親にも話せなかった。戦後の混乱期、医者を辞めてなにをするのかも、簡単には考えられぬ時代でもあったのだ。

臨床を二年間経験した頃、父親が三か月の患いで死んだ。

高次は父親を失い、経済的にも医者の道を歩かなければならぬことを思い知らされた。もうジャーナリストになりたいなどという甘い夢どころではなくなってしまったのだ。

二年近くの臨床医生活を過ごしてみて、国家試験に合格しただけの知識では、患者さんは診られないことを痛感したし、そして臨床医は自分には向いていないのではないか、という気持ちに捕らわれた。そんなとき、医者のことについてはなにかと相談していた先輩を訪ね、高次はその気持ちを話した。先輩は「しばらく臨床から離れ、医学を勉強し直すのも良いことだ。それなら病理学だよ」と簡単に答え、日をおかずして高次の母校の病理教室を紹介してくれた。

それから七年間、この教室にいた。毎日の仕事は解剖で明け暮れたのだから、人間の命を預かるという恐怖心だけは薄らいだのだが、基礎医学教室では大学に戻っても、初めの二年くらいはほとんど無給であり、少しでも収入を得るために、それまで世話になっていた外科病院で週に二回ほど夜間当直をさせてもらうことをお願いした。そのとき院長は「もともと、お父上に頼まれたとき『二年間は預かります。その後のことは高次君の考えを聞き決めましょう』と話していたのだ」ということで、当直のことは快く引き受けてくれた。ここの夜間当直は、病院が銀座の真ん中にあることもあって実に忙しかったが、それだけに勉強にもなり、臨床医の心構えも院長を見て教えられることが多かった。この先生には本当にお世話になった。

しかし今、高次は一人静かに過ぎ去った四十余年、杉並の総合病院などでの臨床生活を思うと、大手術の数々もしたし、沢山の方たちに感謝もされたようだが「僕は医学者にはどうしてもなれなかったな」と、今になっても思ってしまう。

「患者さんの体になんとかメスを入れないで治したい」

そんな気持ちが心のどこかにあった。臆病者だったのだろうか。「でも本当の外科医は僕みたいな想いも持ってもらいたいものだ」と自分の気持ちを引き立たせるように、高次は考えてもみた。

秋の終わりの山の天気は安定しない。昨日はあんなにもすっきりと八ヶ岳の稜線が、葉を落とした木々の間から望めたのに、それが今朝から一日中灰色の雲が重なり、霧雨を降らせている。小屋の外の気温は、もう五度近いのだろうか。あの峰に白いものが付くのも近そうだ。

いつの間にか夜の帳に包まれ出し、庭を照らす明かりをつけた。この家には男が一人、孤独を楽しみながら生きているのだぞ、ということを誰かに知らせてやりたいための点灯なのかもしれない。そして「誰かって誰なんだい」と高次は自問して、思わず「もうよせ」と声を出してしまい、その声の大きさに我ながら驚き、思わず立ち上がってしまった。

気持ちを落ち着けようとラジオをつけた。クラシックが響いた途端に高次は「あ……」と小さく叫んだ。高次の一番好きな曲、一番聴きたい曲。モーツァルトのヴァイオリン協奏曲第四番。それでも何十年もの間この曲を聴くことを意識的に避けてきたのは事実であった。

それはもう四十年も昔のこと、高次が医学生から医者になりたての頃の五年近くの間、深く敬愛した人、啓子のことが、この曲によって心のなかに鮮明に思い起こされるからであった。それでも今、この二十分ほどの曲に身も心も包まれ、耳を研ぎ澄ましていると、高次はヴァイオリンの音が自分で、交響楽の音が啓子であるように思われてきた。ヴァイオリンがいかに高く、あるいは低く、わがままに訴えても、啓子の音は、それを優しく、諭すように包んでしまう。

そんな想いでこの曲を聴いたことはいまだかつてなかったことであった。

「もう本当に昔のことなんだよ」と、高次はまた口に出して言ってみた。

少し風が出てきたようで、先刻からほとんど枯れ木のような林の小枝がざわめき出している。ストーブの火を強めて、ブランデーを舐めながらソファーに身を置いたが、どうしてもあの曲が、耳の奥で途切れない。

「そうだ。もう四十年も前のことだ」と、また独り言が出た。高次が外科の病院に勤め出した頃だ。啓子を誘って日比谷公会堂に――ヴァイオリニストは巌本真理だったか――演奏会に行った。あのときの最後の曲が、モーツァルトの第四番のヴァイオリン協奏曲だったのだ。

終わって、ヴァイオリンの音色に陶酔したまま、黙々と有楽町駅に向かって公園の中を歩いていたとき、高次が急に、少しずつだけれど医者になる気になってきたことを啓子に告げ、喜んでもらおうと、その日にあった手術の話をした。啓子は「今夜は手術のお話などいやよ。せっかく素晴らしい音楽を聴かせていただいたのですもの。なるべくゆっくりと、駅まで行きましょう」と言いながら高次の左腕をとった。

高次の母は若い頃から、編み物が好きで、週に一回は先生を自宅に招いていたが、その席には数人の人も見えていた。そのなかに啓子がいたのだ。編み物をした後食事をしたりして、遅くなると高次はしばしば啓子を下北沢の駅まで、ときには啓子の松原の家までも送ったりした。

その頃、高次は医学部の学生で、インターンと国家試験を控えており、当時は戦後社会の不安定さもあり、どんな人生を送るべきかなどと、気分的に妙に苛立っていたのを覚えている。啓子は二つ年下の大学生ではあったが、高次の言うことを静かに聞き、励まし、力を与えてくれていた。

やがて高次は二十五歳の春に、医者の資格を取った。そして高次の父親が死ぬまでの二年間は、会うことよりも手紙のやり取りが多く、その間に、二人は将来必ず結婚し、お互いに尊敬と愛情をもって人生を歩みたいと話し合っていたのだ。高次の両親は啓子を可愛がってくれ、戦後父親が民間人として初めてアメリカに渡ったとき、土産に啓子の服を持ち帰ったりしていた。

高次の父親の急死によって、二人の結婚の可能性は急速に遠のいた。啓子の両親はその頃「若い医者には生活能力もないし」と、啓子に結婚を反対すると言い出していた。そう言えば父親の死ぬ二、三日前の夜、大学病院の高い天井の薄暗い病室で、高次はその病状が悪いと感じ、泊まっていたのだが、そのとき、ベッドの上の父親が、かすれる声で「啓ちゃんとの結婚は諦めなさい」と静かに言った。高次は驚き慌てて「なぜなの？　そんなことはいずれゆっくりと相談しますよ」と答えるしかなかった。

なぜ父親はあんなときに急に、結婚は諦めなさいと言ったのか高次にはわからなかった。父親が死んでしばらくしてから、高次は父親の真意が摑めてきた。

「啓ちゃんの両親は、二人の経済的なことをまず、心配しているのだよ。私はもうすぐ死ぬかもしれない。そうなれば君らへの援助もできないだろう。だから……」

父親はそう言いたかったに違いない。普段は息子たちのことなど、あまり心配している様子もなかっただけに、今となってもあのときの父親のひと言を思い出すと、高次は目が潤んでしまうのだった。

戦後のあの混乱期、医者になりたての者などは、まったく生活能力のない人種に見えたであろうし、事実、高次は父親の死以後、昼の食事も節約し、コッペパンなどを齧っていたりしたのだ。

昔のことを考えていると、山に入ってから、知らぬうちに症状の消えたと思っていた例の金属性の耳鳴りが始まった。これが起こると苛立ってくるのが自分でもわかる。今夜は眠れそうにない。またウイスキーと睡眠剤の世話にならなければならぬのか。そして明日は天気が良さそうだから、半日くらいの山歩きをしよう。そうすればきっと体も疲れ、頭もスッキリするかもしれない。そんなことを考えながら、薬を飲んでベッドにもぐり込んでしまった。

翌朝は快晴であった。簡単な食料、水と少しばかりのブランデー、簡単な雨具、懐中電灯をサブザックに入れ、久しぶりに山靴を履き、小屋を出た。朝の太陽は奥秩父連峰の上にあった。

山に入るのだと思い、歩き出すと、高次はなんとなく心が弾んでいるのがわかった。若い頃はずいぶん沢山の山々を歩いたものだ。あの奥秩父も右手に連なる八つの連峰も、そして遙かに見え出した富士も浅間も、すべて自分が登った山だと眺めていると、不思議にそのときのことなどを鮮明に思い出してきた。

小屋を出て十分も行くと、赤岳への車も入れない林道に出て登りとなる。

この山道は本当の登山道ではないので、夏でもほとんど人は入らない。八ヶ岳の嶺々が目の前に連なり、しばらく登るごとに大きく近く見えたり、あるいは遠くに山容を変えて眺められたりする。ダケカンバや唐松も次第に疎林となり、高度も高くなっていた。振り向くと奥秩父の金峰山あたりの麓の信濃川上村には、薄い霧が淀んでいるのが微かに望める。腰を下ろし一服つけて、改めて八つの裾野の広大な樹海を見下ろした。

その昔、高次は親父が唐松のことを落葉松《ラクヨウショウ》と言っていたのを思い出した。なるほどマツ科の針葉樹ではこの木だけが落葉するからなのだと、改めて思い知らされ、どうして四十年も昔に死んだ親父の言葉を、急に思い出したのか、高次には不思議であった。

いつの間にか八つの稜線に雲がかかり、霧となって高次の立つ斜面のほうに這い下りてくる。小屋を出てから、もう五時間は経つのに人っ子一人見かけなかった。久しぶりの山行なので疲れもしたし、霧に巻かれぬうちに下ろうと、来た道を急ぎ足で下り、やがて裸木の樹林帯のなかに入った。吹き溜まりの坂道では枯れ葉が、膝のあたりまでもあり、蹴散らすと、乾いたカサコソという音が、妙に高次を苛立たせた。

そのとき、枯れ葉の下の岩に足を取られたのか転倒し、そのまま南斜面を一〇メートル近く、勢いよく滑り落ちてしまったのだが、なんとか小さな窪みのところで止まれた。踏み外した瞬間、高次は「しまった」と叫び、ただ夢中で頭をもたげ手足をばたつかせたが、摑むような小枝もなかった。運よく、体は安定した窪みにあり、全身が落ち葉に埋まっていた。心臓の鼓動も収まったところで、高次は恐る恐る手足を動かしてみたが、どこにも痛みはない、まず骨折はない。後頭部に瘤ができ、血が滲んでいるようだ。意識は清明どころか、枯れ葉に包まれ暖かく、しばらくの間、落ち葉にくるまれていると、五体満足の安堵感からか眠気さえ感じてくる。仰向けに寝ていると、裸木の先に澄み切った夕空が広がり出し、ときには意外に近くを霧が流れたりする。ザックは失わずにすんだ。食べ物と水はある。この枯れ葉の匂いに包まれたベッドで一晩過ごそうか。いや、夜には新雪が落ちてもおかしくない季節なのだ。早く立ち上がって山を下らなければいけない。そんな自問自答の後、高次はよろめきながら立ち上がった。そして右手の手袋をなくしたのに気がついた。

小屋にたどり着く頃には、日が落ち、気温が下がっていた。ストーブに点火してソファーに寝転んだ。それにしても先刻の、あの枯れ葉のベッドは素晴らしかったな。良い匂いがあり、暖かく、寝心地がよく、そしてなによりも静寂さ、身も心もなんの迷いもなく溶けて、静かに消えてゆくような満足感。

もう一度、寝に行きたいと高次は幾度も思っていた。

ソファーでウトウトして目覚めると、カーテンもしていない窓の外は漆黒の闇であった。先刻の落ち葉のベッドが遠い昔のことのように思えてくる。

高次が今回、たった一人では気の滅入るような高原の秋のなかに、幾日も身を置いていたのは、自分の過ぎた人生を洗ってはっきりさせたかったからだ。

第一はやっぱり、男と女の間の「愛」とはなんなんだということを、自分なりに突き止めておきたかったからなのだ。「愛」について語られている文章は数え切れぬほどあるが、どれもこれもおざなりで、高次の納得するものはなかった。これからも、若い人たちに語るかもしれない「愛」についての自分なりの考え方をしっかりさせておきたい。そんな気持ちが強くなっていたのだ。

今になって啓子やその両親のことを、とやかく思うつもりはまったくないが、高次が「愛」について考えるときは、高次の唯一の恋愛であった相手の人、啓子のことが頭に浮かぶのは止むを得ないことなのだろう。

高次は思う。愛することとは、その相手の人を敬うことから始まるのだと。自分にはない良いものを持っている人だからこそ敬える。それなくしては愛は生まれないと。あの頃から高次は自分なりに「愛」をそんなふうに考えていた。だから本当に愛を自覚し、いつかは必ず結婚したいと思うまでには、二人は、ずいぶん時間もかけた。こんな考え方をその後、多くの若者と「愛」について議論するときに語ってきた。

若い時代には「悩み」を感じなければいけない。青春時代の悩みは「恋」から始まる。恋は相手の人を尊敬し、相手の気持ちになってものを考えなければならないのだ。恋は自虐的な一面を持つものなのだ。若人よ、素晴らしい恋をしてください。安物は駄目だよ。そんなことを高次は若い連中に語る。そして最後に「僕の考え方で恋愛をすると、まず失恋するね」と言い足して若者の笑いを誘った。

啓子からの最後の手紙には「私の両親も貴方は良い方だと言っています。でも私はついに両親の説得に負けました。私の一生は貴方への懺悔です。どうかあまりお酒をお飲みにならないで。今はそれを言う立場ではなくなってしまいましたが」

高次にはこの手紙が、さらなる愛を告げるものであるとしか、受け止めようがなかった。高次は混乱した。啓子はいったい誰を頼りにこれから生きてゆくのだろうか。たしかに高次の父親の死は、鈴村家にとって経済的には苦しいことではあったが、別に破産してしまったわけではない。しかし医者としての大きな自信もない者にとっては、啓子の両親の期待に添えるような生活はできないのではないかという不安が心を大きく占め出すのもまた事実だった。そうなれば、一番不幸を味わうのは啓子になるのではないか。それだけはどうしても避けたいと高次は心に決めていた。

その頃、高次の母親は「必ず結婚できるのだから、静かに啓ちゃんのことを考えてあげなさい」と言ってくれていたのだが。高次の父親の葬式に啓子の姿は見られなかった。高次が一番会いたいのは啓子であるのを彼女が気づかぬはずはないのに。しかし啓子が来なかったことは、二人にとって辛いことではあったが、もしあんな哀しみのときに会えば、その後二人はますます混乱し、純真な啓子は高次と親の間に挟まれて、破滅してしまったかもしれない。啓子の冷たさには芯があったのだと、後になって高次は自らに言い聞かせた。

お互いに相手の立場を何よりも尊重し、愛し合っていた五年近くの付き合いで、二人の間では、愛について、結婚について、人生の価値観について、あれほどまでにわかり合っていたはずだったのに、今後の生活ということについて第三者が入ると「愛」などということは、まるでロマンの滓のように無価値なものに見られ、消えてしまう。やはり二人には幾許かの違いがあったのだろうか。あれだけ語り合ってもそれが埋められなく終わってしまった男女の「愛」とは、本当は育てられないものなのかもしれない。愛がこの世にあるなどと言うのは、自己欺瞞なのかもしれない。高次は人を愛し過ぎてはいけないことを知った。

こんな男女の愛の話は世の中には掃いて捨てるほどあるのだろう。

高次はあの最後の手紙を受け取ったとき、デンマークの哲学者、ゼーレン・キルケゴールが、恋人レギーネからの別れねばならないという手紙を見たときに、日記に書き記した言葉を思い出した。

「私は自分に向かってこう言わねばならなかった。お前は彼女と一緒で幸せとなるよりは、彼女のいない不幸のなかでこそ、もっと幸せになるかも」

彼は憂愁と自己責苦のなかで、四十二歳の若さで死んだ。森鷗外もあの「舞姫」で恋人エリスについて語り、その後死ぬまで彼女の影を背負い続けた。そして死の直前にエリスからの手紙を妻、志げに命じて焼却させた。

夏目漱石も柳田国男も芹沢光治良もみんな「愛」について苦しみ、語った。

老いてくると人生の儚さだけが、煮詰まってくる。誰をも褒めそやし、憎むこともできない。

誰にも迷惑をかけずに人生を終われぬものなのか。自分の意志で生まれられず、自分の意志で世を去れない人間とは、なんと滑稽な存在なのだろうと、高次はつくづくと思ってしまう。

そして一年が過ぎた初冬の頃、高次はまた一人で山の小屋で幾日かを過ごしていた。ある朝、北の高気圧が強くなったのか、冷たい北風の吹く音で目が覚めた。雲一つない快晴ではあったが、庭の落ち葉が強風に煽られて、渦を巻いたりして、遠くまで流れていった。

午後になっても風は止みそうにない。

高次は山に入る身仕度をして、小屋を出た。そして自らに問うてみた。「去年、滑り落ちたあの枯れ葉の溜まる窪みにゆくのかい」と。

高次は黙々と赤岳への道を登っていった。ときにはミシェル・ルーワンの歌う「枯れ葉」を口ずさみながら。

その後、高次に会った人はいない。

完

平成八（一九九六）年六月

山べにむかいて

〔一〕

北の高気圧が張り出してきたのか、九月の声を聞くと南アルプスを間近に望める高原の町、信濃境にも急に秋の気配が漂い出した。

東京から気ままに来て幾日かを過ごす、町はずれの古びた家の狭い縁側に籐椅子を出して、陽一はぽつねんと座り込み、目を縁先の小さな庭に落としていた。

「あァ、もう夏も過ぎるのか。本当に早いものだ」と呟く。

その庭の隅には誰が植えたかヤグルマ草の白い小花がかたまり、その下には少し色褪せてきた葉だけが目立っている。赤トンボが一匹、群れからはぐれたのか弱々しく寂しげに風に流されて飛び去った。

その花がある広くもない庭の先は緩やかな勾配で下り、小さな畑が見られ、遠くに信濃境の町がぼんやりと望める。そしてさらに遙か彼方には森と集落が点在して、やがて釜無川にぶつかるはずだ。

風のない晴れた晩夏の午後だ。遠く眼下に大きく広がる谷間の人里から目を離し、空を仰ぐと、意外に思えるほどの中空に、群を抜いて雄々しい三角錘を重ねた甲斐駒ヶ岳が、まるで独立峰のように黒々と構え、その頂上近くの岸壁には、幾条かの深い襞が縦に走っている。たくましい、男臭い山である。

陽一はここ数年、都会の雑踏を離れ、年に幾度となくこの田舎家に来て、甲斐駒を眺め続け、飽きることもない。いつの間にか、この山が、ゴッツイが、なんでも聞いてもらえる親しい仲間のように思えてきた。七十年に近い人生の中での錯綜した種々雑多な想いを、いつの間にかこの山に語りかけている自分に気づく。そんなとき、陽一はなんとも素直な清々しい気持ちになれて、なにもかも言葉にしてしまいたい衝動を感じ、不思議な気分に酔えた。

陽一は二十五歳のときに医者となり、四十余年が過ぎ、やっと追い回される医療から解放された。その最後の勤めは老人病院であった。

人間はこの社会に住むかぎり、周りの人たちと断絶しては生きてはゆけない。陽一にも沢山の学校仲間、医者仲間、スポーツ仲間、そして家族、親戚と、多くの親しい人たちがいる。それらの善き人々に支えられて、生きてこられたと常々思っていたし、口をききたくもないほどの人は周りにはいなかったような気がしていた。陽一の子供の頃、父はよく「他人の非を唱える前に自らの非を探せ」と言っていた。その言葉が心の片隅にあったためか、陽一は多くの人たちと、もつれることなく過ごせてきたのかもしれない。

しかし長い人生経験を経ると、ことに六十歳を過ぎてからは、どうにも許せない身勝手な連中に会ったりして憤慨することが急に多くなったような気がする。これも老人の依怙地さのためなのかと、自らに言い聞かせていればなんとか収まるが、事が外交、政治、教育などと大きな問題に絡まると、腹の虫は収まらなくなる。どうして日本社会のリーダーたちは目先のことばかりに目を向けて、対症療法しか考えないのであろうか、なぜもっと長いスパンで世の中を見、国の将来をも考えての根治療法を考えてくれないのか、などと思えてくる。老人はその長い体験から得た知恵を、若い人たちにもっと発言すべきであるのだが、年寄りの語る礼儀作法、愛国心の言葉などは、戦後の自由平等の教育を受けてきた若者の耳には入らないのか。陽一も老齢年金をもらっている年齢なのだと思うと、憤慨も心配も所詮「いわめの歯ぎしり」なのかと諦

めそうにもなる。（註・この言葉は吉川英明氏の著書の題名にある。「いわめ」とは現在滅びつつある川の小魚の名）

ならば、これからの余命を自分なりに納得して過ごすために、過去になにかと考えあぐねてきたことなどをハッキリした言葉で書き残しておこうと陽一は思い出した。

山に向き合って、これまでの人生を振り返り、山を凝視しながら語りかけると、身の軽くなる想いもしてくる。

ふと、少年時代、中学部の礼拝で歌い、また山のキャンプでもよく歌った賛美歌三〇一番。

「山べにむかいてわれ　目をあぐ、助けはいずかたより　きたるか。あめつちの　みかみより　たすけぞわれにきたる」

突然、この歌のメロディーが陽一の記憶の底から湧き上がってきた。陽一はいつの間にか小声で歌い出していた。

山と対座して自分のこれまでの生き様を反芻し、反省もしなくてはということ。こんな気持ちはもしかしたら、キリスト教でいう死に近づいた人の神に対する言葉、懺悔と共通するものなのか。考えてみれば陽一は、もういつ死んでもおかしくはない年齢に達していることに、改めて気がづいた。今までに信仰とか神についてあまり深く考えたこともなかったことは、人として、ことに医者としては半端な医者であったのだと思えてきた。そして今、幾十万年もの間なんら変わることなく存在し続けた甲斐駒ヶ岳を仰いでいると、たしかに自分の一個の生命などは、まったく小さなものであることを、否応なしに感じてしまうのだった。

このような山に対する畏敬は、日本のみではなく世界各地にも見られる山岳信仰の基なのだろう。そう言えば、大和の三輪山のように社殿もなく、鳥居の奥の一つの嶺を信仰の対象としている神社もある。何万年もの間姿を変えず聳える山は、古代より人間にとっては崇め仕えなければならなかった存在であったのはたしかなことだと思う。この目の前に聳える駒ヶ岳も、その威厳といい男性的な力強さといい、大昔からまさに信仰の対象であったのも頷けてくる。

陽一は戦前から三十数年に亘り多くの山に登った。目の前に構えるこの山も、四十年ほど前の十一月、仲間と山梨側から登った思い出がある。中央線の夜行列車で長坂駅に着き、釜無川の川床まで下り、夜明けの薄陽のなか、それぞれの荷物を詰め直して歩き出したことや、登りの急坂が、行けども行けども続いたこと、やがて左手に迫った摩利支天峰の矛先の鋭さと、その手前の行く手を遮るようにしか見えない駒ヶ岳から赤石沢への威圧を覚える岩壁の巨大さは忘れられない。夕方近くに七合目の無人小屋に辿り着いた。

明くる日は暗いうちから小雪が舞い出し、仙水峠への縦走を断念し、駒の頂上への往復をした。視界はなく、その道々で雪を蹴散らすと褐色の砂が散ったのを妙に覚えている。頂上には小さな祠があったりした。そして、その翌日も雪で、冷え切った小屋に三日間、ベーコンと夕マネギを齧りながら閉じ込められたのだった。まだ携帯ラジオなどのなかった時代のことだった。

陽一はかつて登ったことのあるその山を眺めていると、不思議なことに、そのときのことがひどく鮮明に脳裏に浮かんでくる。その遠くの山容とともに、そのときの仲間の仕草や言葉なども思い出す。そんな思い出に浸っているとき、ふと、いろいろな山で、何度か死ぬ思いをしながらもいまだかつて山と信仰について深く考えたことも、語ったこともなかったことに気がついた。若かったからであろうか。ただ地図を見て登るだけではなく、精神面のことなども考えておくべきだったと今にして後悔もした。

この二、三日、若い頃からの「山」とは自分にとってなんであったのか、そんな想いが頭のなかで渦巻き出し、また籐椅子を粗末な縁側に出した。

思い出すことも多い。あの戦争のさなか、ひと目を盗むように山に出かけ、また戦後の食料難の時代、普段の飯を減らして米を蓄え、取りつかれたように山に入った。

また、あの空襲の激しかった頃、仲間と奥多摩の氷川から雲取山に向かった。石尾根を登る頃、日も暮れ、樹林帯の切れた先の草むらに、大きく葉を広げた樹を見つけ、その下で野宿(ビバークと言った)をし、放心したように横たわり、言葉もなく闇空の星雲を眺めていた。するといつもの聞きなれたアメリカのB29爆撃機の爆音が聞こえ出し、やがて頭上を飛び去った。陽一はなんの感慨もなく轟音の消えゆくのを聞き、間もなく僕らも戦場に行くのだろうと思っていた。今思うと印象的な体験だった。

そして戦後となり、十日以上の山行に入るときなど、夜汽車が新宿駅を離れると、右手の薄汚れたビルの壁の消え入りそうなネオンの文字「海の幸・山の幸」が目に入る。陽一はいつもこの夜景を見ると、これを見るのも最後かもしれないという、これから入る山への恐怖感や悲壮感があったことを思い出す。たしかに今思い返しても、山に入っている間、心の弾むような楽しさなどはなかったような気がする。事実、山での毎日は、精神的にも肉体的にも厳しくて、ホームシックの毎日であった。

山道を歩き続けるとき、仲間たちとの会話もなく、皆が黙りこくって、ただひたすら重い荷を担ぎ、頬を流れる汗も拭わずに、一歩一歩、自分の重い山靴を見つめて登るだけ。そして冬山ともなると、白一色の世界のなかで除雪に疲れ、雪の重さにたわわに大枝を垂れ下げた巨木に妙な幻想を覚え、「雪女郎」の世界かと、心の錯乱を覚えたりした。それらの登行のとき、陽一はたびたび「なんのために俺はこんな苦しいことを命懸けでしているのか。今頃、家にいれば畳の上で大の字になって寝ていられるのに」と独語し続けていたものである。

たしかに目的の山頂に立ったとき、その眺めのなかに、これまでに登ってきた山々を遠く近くに見つけたとき、そしてまた夏に高山植物の咲き乱れる野口五郎岳あたりの尾根道を槍ヶ岳を望みながら歩くときは爽快な気分ではあったが、それは山行全体から見れば、ほんの一瞬の思い出でしかなかったような気がする。

考えてみれば山行とは山伏の荒行にも通じるものなのかもしれない。もちろん、陽一の山行は信仰を持ってのものではなかったが、山の生活で精神的にも肉体的にも叩きのめされそうになったときに、感じたり考えてしまったことが、自分のこれまでの人生のなかの思想の根幹をなしているのだと思ったりすると、それはどこか山伏たちと共通するものがありそうにも思えた。重い荷を背に、頭をカラッポにして黙々とただひたすら登る。あの体験は人間の社会に出てからの決断を要するときや、人間関係を円滑にするための心配りなどのことのためには、大きな糧となっていたことはたしかであろうと思った。

もう五十年も昔のこと。日本は戦争に敗れ、国中が混乱した。陽一が二十歳のときであった。これからなにをし、なにを考えれば良いのか、このまま医学校に通っていても良いのだろうか。そんな苛立ちの頃、一人の大先輩が冬の寒い夜、わが家の堀炬燵のなかでしみじみと語った。

「陽一君。日本は大変なときを迎えている。こんなとき若い人は大いに悩みなさい。たしかシェークスピアの芝居の台詞に『涙とともにパンを食べ、眠られぬ長き夜を、泣きあかせし人ならでは、その人はあらわれず』というのがあったよ」

陽一は考えること、悩むこと、山での苦労も人生にとっては貴重な糧であることを教えられた想いであった。

陽一は若い頃から、自らを苛む思索のなかからこそ、本物の自分の思想が生まれるものなのだというキルケゴール的哲学に納得するものがあったので、この「涙とともに」の台詞には共鳴もした。

縁先からボンヤリと目を向けていた山並みにも日が落ちて、それが黒々とした山塊に変わり、冷たい空気が陽一の足元を冷やしたが、気にもせず籐椅子に座り続けた。

陽一は思った。自分の思想は本音ではマイナス思考であったのではないかと。若い連中に話すときには、いつも未来に向けて前を見て歩けと言いながらも、こと自分自身のことともなると、その若き日々の、あの恋愛についての自分の態度を思い返す。その恋を実らせたく、絶えず猛進したいと気負いながらも、もしかしたらその気負いが、世間知らずの二人には悲惨な結果をもたらすのではないかという恐れをまず考え、自分のプラス思考である将来像を自ら壊し、さらには相手の心をも傷つけ、周りの心の温かい人たちの期待をも裏切ったのではなかったか。そんな重たい「負」の気持ちが無意識のなかで自分の心の一部にあったのか。だからこそ、自分の弱さを払拭したいためにも、自らを山に追いやったのか。そんな想いが頭を占めた。

あの当時、自分が彼女に話していた言葉や、その心理を思いかえすと、なんとも身勝手なものであったことに気がつく。一見彼女への思い遣りのある言葉に聞こえながら、その実、当時の厳しい社会のなかで、もしも二人が経済的にも精神的にもゆき詰まり、苦しく寂しい生活を送る羽目になったらどうするのか、それは自分だけではなく、彼女をも引きずり込んでの破滅なのだ。医者になりたての生活能力のない自分にはあり得ること。ならば早く自分から身を引けと自らに言い聞かせても、それはまるで親を捨てろと言われるような恐ろしくも悲しいこと、とても口には出せない。ならば彼女に身を引いてもらうのか。この我ままさ、浅はかさ。

あの混乱期、「医者の道を進んでください」「あなたは誠実過ぎるのよ」「二人は幸せになれるのよ」との彼女からの沢山の激励の、今でも残る手紙。多くのことを教えられ、考えさせてくれた彼女の気持ちに自分は背いてしまったのか。陽一は自分が大変に利己的な冷たい男であったと思い出して恐ろしくなり、今さらのように自己嫌悪に陥り、情けなくなってしまった。彼女が去ったあのとき、陽一が考えたことは「人をあまりにも深く愛してはいけない」ということであったのを、今また思い出した。

ある人を、悩み抜きながらも信じ、愛してしまったことは、その人にとってはどうにも消し切れない事実なのだ。だから陽一はあのとき「人をあまりにも深く愛してはいけない」という一言を書いてしまったのだろうか。そして、その人を思う心は人生の経過とともに根を深く伸ばしてゆくもののようでもあったし、またそれが、陽一の生きてきたなかで大きな心の支えであったと、今は思える。恋心の浄化してしまった最後の心は、その人に対しての「祈り」になるのではないだろうか。そんな取り留めのないことを考えて暗くなった縁側の籐椅子から立ち上がった。

〔二〕

陽一は目の前に屹立する甲斐駒ヶ岳を子供の頃から見馴れていた。と言うのは、この町は陽一の亡くなった父親の郷里であったからである。そして父の本家は、今は陽一の従弟、隆の時代となり、陽一がときどき訪れるこの家の裏手に大きな家を構えている。陽一が数年前から別荘のように使い出したこの小さな田舎家は、隆の両親が老後入っていた家だったが、空き家にしておくと傷みもするし、隆が陽一にはいささか貧弱だが、別荘代わりに気楽に使ってくれと言ってきたのだった。

陽一は六十歳の声を聞いて間もなく、長年、外科医として働いた病院を辞め、その後は同輩のいる老人病院に勤めた。そして六十五歳を過ぎてからは、自分はもういつ死んでもおかしくない歳だし、頭のしっかりしているのも、もう幾年もないと決め出した。自分の長い間の願いであった、自らの人生を総括して採点してみたい、また興味あるなと思って買い込んできた本を時間に縛られずに読んでみたい、さらには若い人たちにひと言ふた言、書き残してもみたいという妙な執念が頭をもたげ出していた。

そんなことが大きな理由で病院を辞めさせてもらった。

陽一の妻、慶子は、その昔、陽一が長い間診ていた患者さんの娘であった。歳も十歳近く離れているので、結婚後幾年か、陽一は慶子を子供扱いしていたような気がする。やがて三年が経った頃、可愛い女の子が生まれた。二人の喜びようは端《はた》から見れば大げさ過ぎるとも言われたりした。娘の名は両方の祖父の名の一字ずつを取り恵理とした。その頃、娘時代を延長したような慶子の姿を見て、陽一は本当に子供を育てられるのかと、本気で心配したものだった。

だが、恵理が四歳の誕生日を迎えたとき、突然の不幸が陽一夫婦を襲った。よく遊び、よく喋り、よく眠り、よく肥った、あどけない娘に急性リンパ性白血病の診断が下され、数十日を経ずして小児病棟でこの世を去った。それは秋近い夏の日の午後のこと。その日の朝、陽一たちが病室に顔を出すと「パパ、ママ。あたし今日はとても元気よ」と静かに微笑《ほほえ》んでいたのだ。それが恵理が二人に残した最後の言葉であった。

陽一たちは悲嘆のどん底に叩き落とされ、その後、数か月はともに呆然自失の無力感が付きまとった。その頃から、陽一は自分の仕事と信じてきた医学という近代科学が医者にとってはなにものにも勝る知識なのだろうか、その科学のなかに潜む冷徹な理論のみによって、人間の命を論じても良いのだろうか、人の心という問題を、知識として学び考えることは、どうすればよいのかわからなくなってしまった。恵理の死を短い台詞を言う役者のように無表情で告げた先輩の小児科医を、陽一は悲しみの激情にかられて殴り飛ばそうとさえした。今にして思うと、あの怒りはなんであったのか。先輩医師に対するものではなくて、むしろ近代科学とそれに伴う医学を信じて日々の診療を行ってきた、自分の人間としての底の浅さに対するものであったのか。

この半世紀、科学の進歩は止まるところを知らない。もちろん、その知恵によって人間生活のハードの面も大きく変わったが、それに伴って人間の思想思考の様式も、不気味な変化をもたらされた。そして今、コンピュータの出現がそれに輪をかけた。人が人間として生きてゆくために大事なソフトの面、倫理、哲学、平たく言えば礼節、作法、尊厳、愛情などの心の問題は忘れ去られようとさえしている。医学は近代科学の粋の上にあると信じる医師たちには、どうか深く心の問題も考え込んでもらいたい。それを軽く考えてしまうと医学はいつまでも医療にはならないと陽一は思っている。そして今、人が生きてゆくために、そこまでは必要ではないと思われる情報、知識の洪水に、人は翻弄されている。

医学もまた物質文明の科学情報の渦のなかに泳がされ、見えるもの、触れるもの、形のあるもの、数値で示されるものしか信じられなくなってきた。そして今、日本でも、ついこの間までは思ってもみなかった脳死もまた人の死であるとされ、臓器移植にまで踏み込んでしまった。

科学を物質主義的に信じるのは勝手だが、陽一が移植について考えるときに、なんとも納得し切れないことの一つは、拒絶反応、つまり免疫の問題である。自分には許容できぬ非自己のもの、細菌はもちろん、抗原としてのものを受け入れるためには免疫反応を抑えつけるための薬を大量に使わなければならない。それも確実なことではない。自分の尊厳を保つためとも思える拒絶反応をも、科学により抑え込もうとするのは、いささか傲慢ではないのか。そんな思いが、陽一はしてしまうのだ。

そして「人間の心」の存在を考え深めてゆくと、将来、いつか臓器移植も症例数が減ってゆくのではないか。「人間の心」とは科学のみで左右できないものだと思うからである。人間とは心の問題にしても、本質的には猛烈に自己と非自己を峻別する生き物なのである。このことが移植を考えるときに、陽一にはどうしても引っかかるのだ。

一方、医学が科学の上に成り立っているということで、心の問題などという摑みどころのないことにまで考えが及ばず、医者もそれぞれの小さな分野で一つでも精通した知識・技術を持たなければ医者としての誇りを失い、最近では評価もされない風潮が生まれ、それもあってか医学はますます細分化されてゆき、地域には欠かせない開業医はその数を減らす。世の人たちが、まず必要とするのは医者とは専門分野での深い知識よりも、多少浅くとも広く医療を知る心の豊かな医者であろうと、陽一はつくづく思ってしまうのだった。

医療という行為の裏付けは科学のみによって成り立っていると思い込んでいる医者にとって、患者の死は科学の敗北でもあり、自分の信じたくないことでもあり、当然、医者は診療のなかで「死」という言葉も遠ざける。医者は医師として当然考えておかねばならないはずの、科学の領域以外の「死」の問題を考えなければならぬことにも気が付かない。多くの医者は「死」についての問題で議論することもなく、むしろタブー視さえしている。まして大学病院でも看護学校でも「死」を論ずる講座もない。つまり医者は、自分たちと一般の人たちとの間では「死」ということについての想いが異なっていることも理解し切れないのだ。

恵理の死は、陽一にとって医師としての自分は、今までに「死」について無思慮であったこと、そして死にゆく人の後に残される家族への配慮が足らなかったことを思い知らされた。

人は必ず死ぬ。その死に立ち会う医者の「死の宣言」「死因の説明」。これは死者に対するものではなく、残された家族にするものなのだ。人の死に立ち会う医師という特殊な仕事をする者は「死」についての自分なりの哲学を持たなければならぬのだと、恵理の死によって陽一は教えられた。そして、あの臨終の間際に死を告げること以外に医者として、あどけない恵理が難病と戦ったことへの尊敬と、別れの温かい言葉の一つもあって欲しかったとも強く思った。慶子の気持ちを思うと同業者としてはなおさらであった。


その昔の娘の死のことを思い出しながら、それに関わる想いが陽一の頭の中に去来する。その頃読んだ本のなかで、たしかアメリカの医者だったと思うが「医学のなかでは科学とアートは相反するものではなく、お互いに補わなくてはならぬものだ」とあった。たしかにそのとおりだと思ったし、アメリカでは五十年も前からこんな議論があったことを知り、感心したのを思い出した。

またあるとき、陽一の友人、大会社の専務がこんなことを言った。「僕は人に会うのが苦手なのだけど、仕事がら社外の人とも商売抜きで会わねばならないことが多い。

その点、医者は大変だな。病院の多くの職員と接し、患者とその家族に会い、病気とか死の問題に絡んだ話をし、医者以外の連中とも付き合わなければならず、サービス業は大変だ」と。言われてみればたしかに、陽一もそれまで毎日幾人の人に会ってきたのだろうか。疲れたわけだとつくづく思った。

その後、慶子は「もう、赤ちゃんだけは欲しくない。あんな悲しみは二度とは耐えられない」と言い、陽一も同感した。

娘を亡くして幾年かが過ぎた頃、慶子は自分の卒業した大学の工芸科の先輩後輩たちの陶芸、ガラス工芸、彫金、絵画などの作品を展示する店を、青山の住宅街の外れに開いた。あれからもう二十年近くになったが、今でも続いている。

陽一は病院を辞めてからは、厳冬の頃は別として、少なくとも月のうち十日くらいは山の家に行く。海抜は九〇〇メートルはあるだろうから真冬以外は天国であった。慶子は仕事もあるし、今ではちょっとした事業家でもあり、陽一とともに山の家にゆくことはあまりない。二人の生きてきた世界が、医者とギャラリー経営者ではまるで違うし、あの恵理の死以後、二人は知らず知らずのうちに、それぞれの殻のなかに閉じ籠もるようになっていたのだった。陽一は、これも慶子の気持ちを考えれば止むを得ないことだと思っていた。

臨床から手を引いた後、陽一にも少しばかりの仕事があった。それは製薬会社などが出す、医家向けの小冊子に随筆や書評を書いたりすることで、どうせこれからは暇だろうからと引き受けてしまったが、いざ書いてみるとこれは大変な仕事で、ほんの一行の文字を書くために東京と山の家を往復し、文献を漁ることも幾度かあった。ことに書評というのは文学の立派な一つのジャンルであることを思い知らされた。文章を綴ることの難しさ、主題、主張をわかってもらうための言葉の選択。陽一は自分の持つ語彙の少なさ、表現力のなさに悩みながらも楽しんではいた。

そしてまた時が経ち、遙かに下の果実畑で咲き誇っていた桃や李の華やいだ花も終わり、一年のうちでの最高に清々しい新緑の季節、山も丘も命の復活を誇るときとなった。この一時の日々を逃してはならぬと、陽一はまたも山の家に入り、縁側に座った。甲斐駒の稜線がボンヤリと霞んでいる。こんな日は甲府盆地の気温が夏日にまで上がることがあると言う。陽一は山に向かって「お変わりもないようで」と呟くと「あんたも元気そうだね」と答えてくれている気分になる。

夏も近付くと、娘、恵理の亡くなった、あの暑い日のことを想う。父親の自分が医者であるのに、あの恐ろしい病気から娘を救えなかったことへの、苛立ちと悔恨が、今もなお陽一の心のなかで疼き出す。

そしていつものように山べに向かい、腰を下ろし、また「死」を考える。死後の世界はあるのだろうか。そんなものはないと陽一は頭から決めてはいるが、こと恵理に関してだけは、なんとか巡り会いたいとふと思ったりする。この矛盾。キリストを信ずることによって天国を、仏門に帰依することによって極楽を信じるべきか。そして頭が混乱し出す。

陽一が死後の世界などあるはずがないと考え出したのは、医者になったその後、八年近く母校の病理学教室にいたからかもしれない。教室でのほとんどの仕事は病死した患者さんの病理解剖で、その検体から各臓器を調べ、さらに幾十枚もの顕微鏡標本を作り、死因を検索する。そこには、疾患のある臓器では異常な所見が得られるが、疾患のない臓器の標本は、おしなべてみな同じ細胞が並ぶ。疾患のない脳も同じであった。これらの幾百億もの細胞が、それぞれに巧く機能してくれるので、人間が生きているのはたしかである。そしてその細胞が蛋白質であり核酸であるのなら、それは物質と呼べるもの。その物質が機能を失い消失してしまえばすべては「無」となる。

ならば死後の世界などは存在し得ない。そんなふうに最近まで陽一は割り切って考えていた。

各臓器細胞がその機能どおりに働いてくれていれば人間は健康と言えるはずだ。ならば脳組織の細胞や神経繊維を顕微鏡で見ても、疾患のないものではなんら個人差もないのに、なぜ、人間はかくも多種多様な思想、性格、風貌に分かれてゆくのだろうか。陽一はふとそんなことを考えたりしたが、もちろん、結論など出るはずはない、なんとも釈然としないものが残るだけだった。


陽一の「死」への拘りは今に始まったことではない。やはりあの戦争だ。

陽一が医学部を受験したのは、あの戦争に敗れた前の年であった。当時は医者の学校だけに徴兵延期が認められていたので、ジャーナリストの父親は日本の敗戦を予期して、なんとしても医者になれと言った。陽一はその頃の青年らしく、国を護るために兵隊になると言い張り、両親と泣きながらの議論をした。父親は言った。「若い者がそんなに死を急いではならない。そんなことをしたら戦争が終わったあと誰が日本の国を再建するのだ」と。ついに一つだけ医学校を受けたところ合格してしまった。友人が合格を知らせてくれたとき、陽一は一時的であれ死から解放されたのかという想いと、俺はなんという卑怯な男なのかという複雑な気持ちを味わったのを覚えている。その気持ちは戦後も長く、陽一の心の一部を占めていた。

医学部に入り、親しかった多くの先輩たちが輸送船で南方に向かう途中、敵潜水艦の魚雷を受けて呆気なく戦死していった。そして、陽一はその悲報を聴くたびに、その先輩が海のなかを漂う顔と姿を想像し、心の震える悲しみを味わったのを思い出す。そしてたびたびの東京大空襲でのおびただしい数の焼死体の散乱。なかでも明治神宮から青山に至る、あの欅の大木の並ぶ幅広い表参道での悲惨な光景は、人間の儚さをまざまざと見せつけるものであった。また原宿の東郷神社裏の路上に、撃墜された哀れな若いアメリカ兵の死体に純白の布がていねいに掛けられていた光景。二十歳の陽一は、言葉にならぬ無情感に襲われていたのだった。

そして戦後間もなく奥穂高岳ジャンダルムでの山仲間の滑落死。二日かけての上高地までの遺体搬送。さらに梓川ほとりの森の奥での、ご両親や多くの岳友に囲まれての火葬。

これらの死をまざまざと見せつけられてきた青春時代、そして臨床医としてもさまざまな人の死の瞬間を見てきてしまったのだから、なにかにつけて死について思い巡らすのも仕方がないことだと陽一は思っていた。

そんな体験からか、陽一は若い頃からドストエフスキーやトルストイ、キルケゴールなどの、どちらかと言えば暗い作品に引かれてきたのだろうか。ことにこれらの作家たちの死の前後のことなどを調べたりし、ことにトルストイの死が自殺であったことなどは、若いときの陽一にとってはショックであったことを思い出す。

もう三十年も前のことか、陽一は「棺桶論」という小論を書き、若いドクターたちに語ったことがある。簡単に言えば「人には必ず死が訪れる。それならば棺桶に入るときに自分の人生を自ら納得できるように普段から心がけよ、その心構えもなく生きていると、欠伸を三回もすると、あっと言う間に還暦だぞ。しっかり考えておけよ」そんな論旨だったが、若者にはいささか突飛だったのか、あまり受けなかったようだった。

その昔、医師の免許をもらったとき「あぁ、俺は自分が死ぬとき、その病名を自分で付けるのか、恐ろしいことになったぞ」と思ったのを今、急に思い出した。

「死」の問題について、医師にも衝撃を与えた本はキューブラ・ロスの『死ぬ瞬間』であろう。もう三十年近くも前に出た本で、ロスが四十代半ばで書いたものだった。

陽一も早速に買い、読んだものだ。著者はスイス人の精神科の女医であり、現在は病を得てアリゾナの田舎町で孤独な生活をしていると聞く。

彼女はこの本を出すにあたり、病のために死の床に就く数多くの人たちと会い、それらの心理を分析した。それはまた、当時言われ始めた「死の告知」の問題と絡んでもいた。そして彼女は死にゆく人の心理過程を「否認・怒り・取引・抑鬱・受容」の五段階に分けて、その症例を分析し、解説した。例えば老人は家族との語らいが一番心を和ませるとし、また生活環境をそれぞれに細かく配慮することが必要だとし、そのほか種々のターミナル・ケアの問題点を指摘した。

その本を読んだ頃の陽一は若かったし、毎日が手術に追われての生活でもあり、深く死の心理を考える余裕もなく、ただ簡単に日本人とキリスト教国の人では当然、死についての対し方も異なるだろうと考え、あまり気になる論旨でもないと思ったりしていた。しかし今、死が迫りつつある人たちの心理の五段階を考えると、初めの「否認」と最後の「受容」は人間が普遍的に持つものであろうと思えてきた。

ロスは宗教は嫌いだと言っているが、彼女が長い間に死にゆく人たちとの交流で得た、その多くの人たちの死生観を、陽一はこの本から知らされると、それは神父や牧師、僧侶から得たものとは異なる、もっと壮大な宇宙的な信仰、死期を感じた人間の切羽詰まった寂寞たる魂のなかからの叫び、なにかに縋り付きたい、自分の魂のなかの一部にはあったはずの死を許す寛容さを認識したい、そんな気持ちに人それぞれが到達しているように思える。それが人間本来の信仰の基なのかもしれないと陽一は思ったりした。そうだ、それが仏教でいう「解脱」であり、キルケゴールのいう「飛躍」なのだ。そこには否認とそれによる心の葛藤、次いで寛容、やがて受容が生まれるのだろうかと思った。

そして今、ロスの人生の一端を知ると、彼女のなかにはなにか東洋的な芽があるようにも思える。ロスは四人の子を失い、二人を育てた。そして五十歳のときに離婚している。その苦難の人生の道で絶えず人間の生命と死を、彼女は考え続けてきた。「死」を遠ざけてきた近代医学にとっては、彼女の数多くの論文は精神医学に大きな貢献をしたのは事実であろう。彼女はまた、「死を近代医学から遠ざけ、医師は死から身を引く構えがある」と、ある対談のなかで述べていたが、陽一は耳の痛い話だと読んだ覚えがある。

ことにここ十数年、若い医者は患者と会話しながらていねいに診察をするよりも、ともかく採血をし、各臓器のデータ値を見る。そしてレントゲンを撮影し、超音波、CTその他となる。患者は検査に追われ、不安となる。もちろん、科学の進歩による診断方法だから一概に反対はしないが、なにか器械まかせの診察で、医者と患者の会話も数字や映像の説明に終始し、簡単に病名を告げられる。その病名を聞かされる患者やその家族の心理はほとんど度外視されてしまう。また医者のほうも、一つの簡単な疾患でも多くの検査をしなければ落ち着かない気分になってしまう。データから診断を得ようとするあまり、聴診器を忘れ、ていねいな触診もおろそかになる。これでは医師と患者の人間的な繫がりも成り立たない。人間には器械では計れない「心」というものがあるのだから。

そんなことを止めどもなく考えていて、ふと、数年前にエイズの病原ウイルスが発見されたと新聞が伝えたときに、その解説の医者が「病原菌がわかったのだから、エイズの撲滅は近い」と言っていたのを思い出した。陽一はそのとき、エイズは狂犬病などと違う性病であり、この人間の欲望のなかから生じ、伝染する疾患であるからには、単に菌が判明したからといって、解説者の言うように簡単に撲滅できるはずがないと考えたし、この医学者は、人間の持つどうにも説明できぬ性《さが》をもわからぬ石頭の科学者なのかと思った。

そしてまた、月日が過ぎ、九月に入り、陽一は山に来ていた。今日の甲斐駒は一日中、霧っていたが、夕暮れ近くになって、その左の肩あたりに西日が当たりだした。

久しぶりに信濃境の街に出てみようと、陽一はナップザックをとり、家を出た。細い畑道を下ると舗装された農道に出る。小さな林檎畑の横を過ぎ、こぢんまりした鎮守様の杜を抜けると乾いた初秋の夕風が心地よく、三十分ほどで駅前に出た。大きな白樺の古木が二本、葉音をさせて伸びやかに立っている。この街のシンボルはこの白樺だと陽一は思っている。列車でこの駅に着き、改札口を出て目の前にそそり立つ白樺を見ると、信濃境に来たという実感が湧くからだ。

駅の売店で売れ残りの新聞と煙草を買い、そこから少し下って東西に並ぶ、こぢんまりとした商店街に出たが、人影もまばらである。陽一はぶらぶらと歩き、甲州ワインとチーズを買った。本来ならば今の時期、新鮮な秋刀魚の塩焼きでもと思うのだが、この山里ではいささか無理なことのようだ。

この街にもタクシーはあり、いつも駅前に二、三台は止まっている。これがあるから少しばかり重い買い物をしても、帰りが苦にならぬのだ。

その夜、慶子から四日ぶりに電話があった。

「お変わりはないのでしょう。貴方、今度はいつまで山にいらっしゃるの」

「なにか用があるのなら、明日にでも帰るよ」

「特に用事もないけれど、東京はいつまでも暑いし。私、明日からなら出られるのですけど」

「それなら、明日待っているよ。新宿を出るとき電話しなさい。いつものように小淵沢まで迎えにゆくから」

電話は切れたが、慶子の様子がなにかもの静かで、どこか体の調子が悪いのではないかと陽一は気になりだした。

ワインを飲んで簡単な夕食をすませ、八ヶ岳に向かっている六畳間の書斎に入り、籐椅子に座った。月は出ていないのか、闇のなかでは虫の音が満ちていた。

慶子のことが、しきりに想われた。考えてみれば結婚してからもう三十年は過ぎているのだから、慶子も五十代の半ばの歳になっているのだと、改めて陽一は妻の年齢を数えた。なんと言っても二人にとっての最大の衝撃は恵理の死であったし、あのこと以来、二人はどちらかと言えば寡黙な夫婦になってしまったと陽一は思っていた。やんちゃな妻も、あのときから急に大人びたし、陽一も女房に一目置くようになったような気がする。

陽一は慶子との結婚を決めたときに、数年前に自分には一人の、敬い、愛し、愛された女性のいたことを告げた。そしてその人との五年近かった付き合いも、陽一の父親の急逝によって、二人の結婚後の経済的な支えにも不安がおよび、それらが因《もと》となり、お互いに傷つけることを恐れて二人は別れた。その人はよく言っていた「愛とはお互いを敬うことなのね」と。その後陽一は、彼女の愛情は、相手から一歩下がって、遠くから静かに見守る母性愛的なものだったのだと思い知らされたのだった。

陽一は、この突然弾けた恋の後、人を愛しすぎてはいけないことを、しみじみと無意識のうちに悟ってしまったのだ。人を愛することは、その人に対し負担も負わせるだろうし、また二人の愛情だけで人は生きてゆけるものでないとすれば、お互いの育った家庭や、また経済的なことなどの考え方の違いから生じる負担。それは愛に正比例する。それなら愛は淡白なものであることだ。そんな話をあのとき、慶子は静かに聞いてくれていた。そして彼女は「私も貴方に尊敬される人になりたい」と言ってくれたのを思い出した。

翌朝、目にも眩しい雲一つない紺碧の空が高く広がり、甲斐駒の鋭い稜線も、一際鮮やかに望まれた。近くの森で朝から夏の終わりを惜しむような蟬の声がする。

慶子からは「新宿、九時発の特急に乗ります」と知らせがあり、十一時過ぎに着く列車だと、陽一は少し早めに車を出して出かけた。

小淵沢駅は夏のシーズンが終わっても、小海線との接続駅でもあるので、まだ避暑客風の客で混雑する。改札口で立っていると、間もなく下り列車が入り、ホームも一時、人で溢れた。薄黄色のワンピース姿で、大きな布のバッグを肩から掛けた慶子の姿がすぐに目に止まった。この田舎町で十日も住んでいると、都会風にきりりと服を着こなして歩いてくる慶子が、陽一には妙に眩しく見え「慶子もこの町に来ると美人なんだ」と冗談めかして呟いた。改札口近くに来て陽一を見つけ、笑顔になった。

日中はまだ暑さもあり、少し涼しいところで昼食をとろうと、車で八ヶ岳縦貫道路を登り、左手に八つの山容を楽しみながら、広大な裾野の樹林帯を抜け、今までにも幾度か来た清里近くの大きなホテルに着いた。夏の終わりとはいえ広い駐車場には車もなく、なかに入っても閑散としている。

「立派なホテルもあまりにも人がいないと落ち着かない感じね」と慶子は小声で言った。広い食堂で簡単な食事を注文し、そこの大きなガラス窓からは、遙か東に信濃川上の集落、さらにその奥には金峰山を中心に連なる奥秩父の連山が、霞のなかに構えていた。

「昨日の電話では、なにか元気がないようだったけど。大丈夫そうだね」と陽一が話しかけた。

「体は大丈夫なの。実はね、お店のことなの。貴方が病院を辞めてから、ずっと考えていたことなのだけど。貴方がお暇になったのだから、私も暇を作り、貴方と一緒にいる時間を大事にしたいと思っていたの。それでお店に長くいてくれている静子さんに、今後は私はオーナーで、お店のことはすべて静子さんに任せたいと相談したらわかってくれそうなの。どうかしら」と慶子は、我がままを許してほしいというような口調で話した。

「それはありがたい。大賛成だよ。僕のためにも君に暇になってもらいたかった」と待ってましたとばかりに答えた。慶子は陽一の目の奥を見届けるように、しばらくの間見つめていたが、やっと嬉しそうに微笑んだ。

ホテルを出るとき、慶子は陽一と腕を組み、目の前に一際高くそそり立つ赤岳に向かって茶目っ気のある大きな声で言った「私も暇人になるぞ」と。陽一は慶子の大きな声に思わず吹き出した。

そしてさっき、陽一の心の奥まで見透かそうとする慶子の眼指のなかに、二人はもう老夫婦と言われてもおかしくはない年齢なのだし、これからは寄り添って生きてゆきたいという想いがあるように感じた。陽一は慶子の気持ちに感謝もしたし、安らいだ気分にもなれた。二人は仕事のことでも、あまりにも違う世界で生きてきたが、陽一はそれが二人の人生にとっては納得できる生き方なのだと考えたかった。

山の家に戻り、その日の夕食は鍋料理となった。この時期になると、このあたりでは夜ともなると、窓を開ければもう薄ら寒く、鍋ものがよい。ビールで乾杯などをして二人とも今までになく、よく喋った。

そこへ裏の隆が顔を見せた。慶子が先ほど東京からの手土産を届けたお礼のつもりか、ワインを一本持参したので、それも飲み始めた。

隆は陽一のことを「先生、先生」と呼ぶ。

「隆君、その先生と呼ぶのだけはなんとかやめてくれないかな。君は僕の患者さんではないし。いつでも先生と呼ばれると、なんだかこそばゆくて、落ち着かないんだよ」

「それじゃあ、先生、なんと呼ぶんですか」

「そうだな、陽ちゃんとか」

「冗談じゃありませんよ。年上の人にちゃんづけとは」

「なんでも良いから、先生呼ばわりだけはやめてくださいよ」

二人は馬が合うのか、話を楽しんでいた。慶子も陽一が今までになく陽気なのが嬉しかった。

やがて隆も帰り、食卓も片付け終わったとき、慶子が小声で、「貴方、明日はなんの日だか……」少し間をおいて陽一は、「うん、わかっているよ。恵理の命日だ。いま彼女のことについて喋るのは、とても辛いけど。今夜は二人でそれぞれに、静かに恵理のことを思い出そう。幼かった彼女のことを細かく思い出してあげることが、彼女に対しての大切な供養だよ。そしてまた生前に僕らによくしてくださった方たちのことも思い出すのも大事なことだ」

慶子はハンカチを目にあて、俯いていた。陽一は暗黒の山べに向かい、瞑目していた。そして今、病を背負いながらも前向きに生きている幾人かの友人、知人を想い、少しでも苦しみの少ない余生を送ってもらいたいと祈った。

そうだ「愛とは祈り」たしか、ゲーテの「ファウスト」のなかでの言葉ではなかったか。祈りとは語りかけることなのだ。愛した人に対して、また早くこの世から去っていった愛する幼子に対しても、陽一は心のなかで、知らず知らずのうちに語りかけていた。

しばらくの静寂の後、慶子が、

「お線香をあげましょう」

と言った。

「お線香を」

陽一は一瞬、驚いた。

「東京から、あの子の好きだった線香花火を持ってきたのよ」

とバッグから和紙でていねいに包んだ数束を取り出した。

二人は縁先に出て、月のない闇のなか、もう鳴き出した秋の虫の音を聴きながら花火に火をつけた。よその人から見れば、黙りこくった大人二人の庭先での花火とは奇妙な光景であっただろうが、慶子はまるでそんなことには頓着もせず、一心に、次から次へと火をつけていた。豆粒のような火の玉がパッパッと弾け、そのたびに慶子の顔を、美しく照らした。二人はいつまでも言葉もなく腰を下ろしていた。静かに風が流れる、線香とは違う仄かな香りが慶子のほうから匂う、陽一はそれが慶子の好きな香水の香りであることに気がついた。

〔三〕

翌朝はまさに、秋を告げる透明な空が甲斐駒の上に広がり、さらに天空には季節の変わりを示すまだらな鰯雲が流れていた。

陽一はまた籐椅子に座っていた。

「風立ちぬ。いざ生きめやも」

堀辰雄の小説の一節がふと陽一の口から出た。なぜいま「風立ちぬ」なのか、陽一は一瞬戸惑った。「今」こうして安らかな気分で山と、そして大空に浮かぶ雲を見つめていると、ほんのしばらくの間に、雲はその形を微妙に変えてゆく。数秒前に見つめたあの「今」見ていると感じていた形の雲は、今後、再び目にすることはできない。あの「今」見ていると思った、そのこと自体が、瞬時にしてもう過去のことだったのだ。あの美しかった一片の雲の形をいつまでも追うことはできない。だから堀辰雄は、過去にとらわれることが悲しくもあったから、未来に向かって「いざ生きめやも」という力強い言葉を加えたのではないかと陽一は想ったりし、子供の頃からよく雲に見とれていた自分を思い出した。

流れる雲。

それは、まさに仏教の思想「諸行無常」の世界か。万物は常に変化してゆき、少しの間もとどまることがない。陽一はこの言葉を、中学生の頃父親から教えられた。その日は、家族的に付き合っていたNさんのまだ大学生であったご長男、Kさんが結核で亡くなり、父たちとそのお宅にお通夜に行った帰りの暗い夜道でのことであった。陽一を可愛がってくれた兄貴分の死をあまりにも悲しむ陽一に、父親が語った言葉であった。

そう言えば、堀辰雄の「風立ちぬ」なる小説の終わりで舞台となったところは、陽一のいる信濃境より一駅先の富士見にある高原療養所であったのだ。あの小説のなかに出てくるような赤い屋根の結核病棟はまだあるのだろうか。あの作品はたしか昭和十年初頭の頃のものだったから、今はもう壊されてしまっているだろう。近くなのだから一度、慶子と訪ねてみようと思ったりした。

陽一は、戦争中から戦後にかけて、堀辰雄の作品が好きで随分と読んでいた。あの殺伐とした時代、人間にはこのような美しさ、安らかさ、ロマンがあることを堀は教えてくれていたのだ。小説の筋の面白さなどよりも、そのなかで語られている言葉の重みや美しさに魅せられた。今思い返しても彼の作品になにかと影響を受けていたと思っている。

現在、情報過多の渦に巻き込まれ、取捨選択する余地もなく知識過剰で過ごす人たちを見ていると、その雑多な知識で脳のなかは溢れ返り、それらを整理統合するのは、まさに至難の業であろうと思う。それを整理統合し、自分の知恵となし得る人たちは、恐らく科学化学、統計などの分野での、あまり哲学的思索を要しない仕事をする人たちではないだろうか。

一方、情報としては流れにくい人間の心の問題、宗教、文化、文学さらに愛、死などを考える人たちが、その知識を得たいと望んでも、これらの分野のものは情報としては容易に流されるものではないだろうし、たとえあっても数理統計などのように客観的に価値を認められてしまうものではないので、受け取る側の人も、その知識を鵜呑みにすることはできない。そしてこれからは人間として生きてゆくうえでなにより大事な「心」の問題を軽視してしまう人たちが氾濫してくるに相違ない。今、世界の金融、経済の乱れを見ても、そこにはあまりにも利己的な冷血さがあるからなのだ。

将来、人間はコンピュータなどの器械や、その機能にかき回されてゆくのだろうか。もちろん、今の医学もそのなかに入る。その一つが脳死と臓器移植の問題である。日本での心臓移植は今から三十年ほど前に札幌医科大学で行われたものだったが、その後、この問題について医学会、法曹界、宗教界などから議論百出し、移植手術は軌道に乗ることなく過ぎ、結局、脳死を人の死と「脳死臨調」が認めたのは、たしか一九九一年、札幌の手術以来二十三年を経てのことだったのだが、その後もさっぱり心臓移植は行われず、今年（一九九九年）になって、四国の女性の臓器提供により心臓、肝臓の移植が行われた。なぜ日本ではこの近代科学の粋を集めた手術を実行するのに、こんなにも時間を要したのか。

陽一は以前から日本で、この手術に手を着けることは難題山積であり、無理だと思っていた。日本人の自然のなかで逆らわずに生きてゆく死生観。それに対して外国では西洋哲学から発した死生観、人間は魂と肉体から成っているということを基としている観念からすれば、肉体の一部である心臓というパーツが傷んでいるのなら交換しようという感覚。しかもその臓器提供者がなるべく突然の脳死であり、他人の死を待って自分が助けられるという受容者の気持ちなど、また、受け入れる人との間の拒絶反応の強弱、つまり免疫の問題等々。これらのことを次から次へと考えてゆくと、陽一には、移植は日本人にはスッキリとは受け入れられないと思えてしまうのだった。

われわれ老人は、これらの過剰な新知識にはとても従ってはゆけない。デジタル、アナログという言葉さえ正確には説明できないのが年寄りだ。そうなればコンピュータ人種はとても老人などを相手にしてくれないし、話す次元の違う老人を敬まうなどは無理な話。昔は老人は大事にされ、尊敬もされたものだが、それは生きてゆく知恵を老人は先祖から受け継いで知っていたからであろう。農業の進め方、天気などを予測する見方、生活面では布団の作り方、着物の縫い方、漬物の漬け方、冠婚葬祭のやり方などなど。その必要が今はもうなくなってしまった。老人の存在価値も薄れてしまったというわけだ。

秋も終り近く、陽一は慶子を伴いまた山に来た。

紅葉はもう、甲斐駒ヶ岳の裾にまで降りている。真紅、緋色、きはだ色。それぞれの多彩な色が山を包んでいる。縁側の籐椅子も冷えて、長くは座ってはいられない。

秋は生き物が枯れ果てる。そして命あるものは厳しい冬に向かって自らの殻のなかに閉じ籠もる。今、夜の闇のなかでは虫の音が絶えない。やがて冬が迫ると、虫たちは自分の命の終わりを悟り、声も一段とか細く、なにかを哀願するようにも聞こえてきて、陽一は切ない気分になる。チンチロリーはマツムシか、ヒリーリーは鈴虫か、ガチャガチャガチャはクツワムシだろうかなどと勝手に想像して陽一は聴き入っていた。そして毎年のことながら来年もまた、この虫たちの合唱を聴きたい、それまで自分は生きていられるのであろうかと考えるのだった。

陽一が医者としての最後の仕事をしたのは、五年間ほどの老人病院の勤務であった。今でも思い出すが、この病院に勤め出しての二、三か月は、それまで三十数年間、消化器外科医として働いてきた者にとってはまったくの別世界の医療であり、大げさに言えばショックであった。それまでの外科の仕事は、院内の内科・小児科または開業医からの紹介された患者さんを、主に手術による治療で治癒させることが仕事であった。また半月以上先までも手術の予定を組んでおいても、その間に緊急手術を要する患者さんが運ばれてくることはたびたびのことでもあった。

今思い返すと、あの病院の医者はもちろん、手術室、外科病棟、レントゲン、検査科のスタッフは食事もとらずに、夜遅くまでよく働いてくれたと思う。毎日が忙しく駆け回る戦争であった。そして緊急の病人を医者の決断で手術をし、経過も順調で退院し、患者さんに喜ばれるときはまさに外科医冥利を感じたものだった。

だが、老人病院では手術を要する患者さんは極く稀であるし、たとえ八十歳を過ぎた、痴呆の始まった人に肺癌を見つけても、手術をすれば恐らく命を縮めるに違いない。では医者はなにをすればよいのか、なにを考えればよいのか。なんとか手を下して処置をし、患者さんに喜ばれてきた外科の考え方は、老人病院では通じない。それがこの病院での陽一にとっての最初の悩みであった。人間としての余力を使い尽くした老人の死に、どのように対処するのか。

陽一の両親はともに六十代半ばで死んだ。陽一は両親が死んだ年齢ともなれば、自分も死の病を背負うだろうと、漠然と考えていたが、今や七十歳の声も間近になってしまった。医者は自らの死病を診断しなければならぬという宿命があり、誠に不快なことだが避けられないことだろう。今、まさにそれが現実となってしまったのをつくづくと感じる。そして病名は悪性腫瘍か脳血管か心臓か呼吸器か、そして年齢が加われば当然、痴呆も伴うだろう。さまざまな病名が頭に浮かんでくる。そして先頃までの五年間、恐らく陽一もそのような病気で死ぬのだろうという老人の多種多様な疾患を病院で見続けてきた。多くの介護者の世話になりながら生活している患者さんを毎日診ながら、自分の将来像を見るような体験であった。

老人の医者が老人病院に勤めることは、その意味では酷なことだ。医者としてそのような人たちをどのように扱えばよいのか。クォリティー・オブ・ライフなんて言葉を皆が簡単に使うのも、陽一にはなにか空々しかったし、インフォームド・コンセントも患者さんよりも家族に対してのものになってしまう。九十歳の患者さんが「今日は寒いから体操には行きたくない。一日中寝ていたい」と言うと「せっかく続けているリハビリだから、行っていらっしゃい」と介護者は言う。

最近、老人の人権を守れという人たちがいる。わかったようなわからぬような話だが、それならと陽一が「一日ゆっくりと寝ていらっしゃい」などというと介護者は「先生、そんなことをすれば、すぐに体が動かなくなってしまいますよ」と言う。画一的に患者さんのリハビリを進めることも大事かもしれないが、要は患者さんそれぞれに合わせたリハビリこそ大事なのだと考えていた。小さな問題のようだが、その場で働く人にとっては難しい問題なのだ。そしてさらに人間に対する医療の限界はどこなのか。こうなると医療の問題ではない。人それぞれの死生観の問題となる。死についての考え方を病院内の一つの医療チームで統一することが果たしてできるのか、若い看護師さんと老人の陽一で、加療についての意見が一致することなどは、望むべくもないことだと思う。

陽が沈むと暖房がなければいられない頃となった。

「そろそろ、東京に帰ろうか」

と布団に入りながら陽一は言った。

「寒くなったわね。帰る前にどこか温泉に行ってみたい」

と慶子が答えた。

たしかに朝夕が冷え込む季節になると、ヌクヌクと湯につかり、思い切り体を伸ばしてみたい気分になる。

「温泉とはいいな。そうだ、安曇野の奥の中房に行こう。ここからなら車で二時間。あそこの湯は熱くて湯船にはきっと慶子は入れないよ」

「そんな人も入れない温泉なんて、あるはずがないでしょう」

と慶子は笑った。


翌日、快晴の天気につられて、昼前に家を出た。中央高速道を下り、諏訪湖を見ながら塩尻、松本を過ぎ、豊科で降りて安曇野に入った。左手にキリリと高く常念岳が迫る。陽一の好きな山の一つである。

もう四十年も前か、このピラミッド形の山容に魅せられて、仲間二人で、ちょうど今頃の季節に、この山を登ったことがある。今、常念岳に見入っていると、そのときのことが鮮明に蘇ってくるのも、なんとも不思議であった。あのときは、朝早く、大町からバスで入れるところまで行き、登り出した。小屋に着く前は、樹木もない荒涼とした瓦礫道が、いつまでも続いたのを思い出す。

小屋は常念岳のすぐ下の鞍部にあり、思ったよりも立派なものだった。そして翌朝は前日とは、うって変わって濃い霧を運ぶ強い風が、梓川のほうから吹き上げ、小屋のガラス窓を叩いていた。待望の梓川を挟んでの穂高連山は眺められず、それではともう一晩泊まり、翌日の天気に期待したが、その日は霧の代わりに小雨となってしまった。あきらめて小屋を出て蝶ヶ岳、大滝山を濡れながら縦走し、夕方近く上高地の明神館に辿り着いた。薄暗くなったなかから、不意に陽一たちが現れたので、この小屋の新村つとう小母ちゃんが、腰を抜かさんばかりに驚き、歓迎してくれたのを懐かしく思い出した。

車を走らせ、常念岳の姿が左後ろに消えると、道は急坂となり右側の渓流に沿い登ると、谷間から燕岳が見え隠れして、中房温泉に着いた。山間の一軒家である。ここまでの渓谷沿いの坂道の左右の紅葉は、まさに盛りであり、大小の樹木が緋色、黄金色、山吹色に染まり、なかには少し枯れ出したのか、褐色がかったのも混じっていた。陽一はその昔幾度となく秋の山にも入ったが、こんなにも多彩な紅葉は初めてであった。温泉宿はほかに客もいないのか、静まりかえっている。

中房に来て、また昔のことを思い出した。夏の終わりの頃だった。仲間と二人で上高地から梓川沿いに登り、徳沢、横尾、唐沢を経て穂高小屋に泊まり、翌日は西穂、北穂、南岳を縦走し、槍ヶ岳に着いた。いわゆる、表銀座という路である。この縦走路の途中で北穂の下りの難所、大キレットで、岐阜県側の北穂北壁に、豆粒の大きさのものが動くのを見つけ、目を凝らすと、それは岩登りをしている二人のパーティーであった。人間の姿の小ささを見て、改めてこの切り立った北壁のスケールの大きさに圧倒された記憶は、今でも鮮明である。槍の小屋では下界の倍もする値段の缶ビールで乾杯したのも懐かしい。次の日はさらに好天が続き、東鎌尾根を降り、大天井岳をまいて燕岳に着き、そして樹林帯のなかの急坂を降り、中房温泉に着いたのだった。

そして今、慶子とこの宿に来て、ふとあの山、あの尾根にはもう二度とは行けない年齢に、自分はなってしまったのかと、陽一は無性にもの寂しくなった。

今の宿には昔の面影はなかったが、宿の人の話によると、側を流れる渓流の関係で、以前の場所より少し奥に移したとのことだった。それにしても風呂の湯の熱さは相変わらずで、川からの水を大量に流し入れて、やっと慶子も湯船につかった。

この訪れる人もいない古びた宿の周りの小道に、夕暮れ近く二人は散歩に出た。陽一はいつまでも山の思い出を語り、慶子も今までに知らなかった陽一の心の奥を、垣間見たような気がし、温かい気分にもなった。

山の宿らしい山菜料理が出て、酒とワインを楽しみながらの夕食をとった。

やがて二人は床に就いたが、陽一は慶子の寝息を聴きながらも寝つけなかった。月のない晩なのだろうか、窓の外は暗黒の世界で風もない、谷間の渓流の音だけが森のなかでしている。

陽一は自分の老いを、近頃、感じ出していた。死の訪れるのもそんなに先の話ではないように思えてきた。慶子はまだ老いを感じる歳ではないだろうし、陽一がいつまでも生きているとさえ思っているようだった。陽一は、慶子を残しては死ねないとは思ってきたが、今ともなれば、あと五年、十年生きても、いずれは死別するのであれば、慶子が悲しむことも、それはどうしても避けられない別れであり、ただそれが早いか遅いかだけのことなのだ。恵理を失った悲しみも、われわれ二人には、どうにも逃れ得なかった運命の定めであったのか。

人間は「生老病死」だけは自分ではどうにもならぬという悲しき生きものなのだ。陽一は自分の老後の生活で、なんとしても慶子を煩わしたくなかったし、陽一が最も恐れるのは慶子もまた恵理のように突然、陽一を残して消えてしまうことであった。そんなことは絶対にあるはずはないと今夜も思い続けたし、祈ってもいた。それなら年齢の違う慶子がまだ社会的に少しは働けるうちに、自分は去ってしまったほうが良いのではないか。それなら慶子を失う恐ろしさを自分は体験しなくてすむではないか。そしてまた、陽一は万一痴呆を伴う病気となり、慶子に負担を掛けるなどということにでもなれば、それは二人にとってあまりにも悲惨なことだ。

そんな妄想じみた想いが、陽一の頭の中を駆けめぐり、とても寝つけない。こんな想いはもちろん、慶子には話せない。

「あなた。寝つけないのね」

と慶子の小さな声がした。その声は、さっきから長い間、暗闇のなかで自分の顔を見つめている声のように、陽一には思えた。

「うん。川の音が耳についてしまって」

陽一は、静かに慶子の右手を握りしめた。

風が出たのか、森のなかで葉ずれの音が強くなっていた。

完

平成十一（一九九九）年五月

消えた道

あの日のこと、現実に過ごした一日であったのか、それとも私の夜半の夢想のなかの一日であったのか、時が経つにつれて現実と夢が、縺《もつ》れてしまい私の記憶の世界に残ってしまった。奇妙な話なのだ。やはり書き残しておきたくなってきた。

たしかに、幾年か前のことだったのだろうが、その後もときどき、夢現《うつつ》な朧《おぼろ》げな気分で思い起こすと、あの一日のことは本当に私が体験したことのように、細切れながら現実味を帯びて、そのときどきの情景が思い起こされてくる。

しかし、近頃、その夢のなかであったはずの筋書きを通した風景が妙に鮮明で、夢ではなく本当に体験したこととして、その日の時間の経過どおりに、私の心のなかに浮かんできたりする。こんなに明瞭に思い出せるのだから、たとえそれが夢物語であったとしても、ともかく文章にしておきたくなってきた。

私はたしかに、信州のあの人里離れた小屋を離れ、どこに行く当てもなく一人歩き出した。初秋の頃だった。まだ昼前であったはずだ。風もない、音もない、透き通った空の下、まだ緑の濃く残る唐松林や、背丈ほどもありそうな草むらのなかを、当てもなく彷徨《さまよ》い出した。遙か彼方には、その山々の名も思い出せない、稜線のぼやけた峰が遠く眺められていた。

私はそんな、人っ子一人いない高原の山裾で、深い森のなかや草原を、長い時間、あてもなく歩き続けていると、いつの間にか、こんな山奥ではいささか不自然に続く、なにかの路跡らしきところを歩いていた。ところによっては少しばかりの勾配があった。このあたりは私には初めての場所であるのは間違いないようであるが、この先には村があるのだろうか、大きな牧場でもあるのだろうか、そんな期待めいた思いも当然あったはずである。

真っ直ぐに伸びた背丈の高い唐松林に入り、乾いた風を感じながら上を仰ぐと、今来た道と同じように、梢の上には真っ青な空の直線がどこまでも続いていた。足元を見ると、古びた道かと思えるところの雑草の茂みも、かつては人の手が加えられたような平らなところもあり、場所によっては草の根が、大小の石に潰されている。どうしてこんな里を離れた高原で、このあたりでは見かけない小石が所によって敷かれているのだろうか。

もう何時間経ったのかなどとはまったく考えてもいなかった。右手遙かに、濃淡のある灰色で連なる、普段見馴れていたような、山稜は変わらないが、あれほどまでも知っていたはずの山の名が出てこない。考え出せない。どうしたのだろうか。

歩き続ける道らしきところが緩やかな登り坂で、切り通しとも見える左右の切り立った赤茶けた崖を見上げると、荒々しい大きな石が顔を見せ、その石の合間に黄色い宵待ち草の花がいくつか咲いている。この、いつ削ったとも知れぬ荒れ果てた道らしいところを過ぎると、この小道と思える先は緩い下りとなり、そして遙かなる遠く彼方には、人の気配などはまるでない。静まりかえった大樹海がどこまでも続いている。そして私のゆく先々の草むらには、まだ頭をもたげているススキがところどころに群生し、音もなくそよいでいる。ああ、もう夏も終わるのか。

石ころ道は少しく左に曲線を描きながら下る。やがて微かに渓流らしい水の透き通った音が聞こえ出した。流れを見ようと道らしきところを外れて緩やかな崖を下ると、思ったより水量の乏しい小川ではあったが、いかにも飲んでみたくなる山の水が、静かに流れていた。

その水際から、今下りてきた崖を振り返り、仰ぎ見て、私はまったく思ってもみなかった、大きな鉄の物体を見た。私は度肝を抜かれた。鉄橋である、鉄道の。これはどうしたことか。大昔から今に至るまで、人が足を踏み入れたことがないと思い込んでいたこの高原の山奥に、どうしてこんなものが横たわっているのか信じられない。私は今、半日以上を過ごしてきたであろう、この俗世界離れした原野で、とうとう狐に化かされたのではないかと思いながら、鉄橋をなおも見つめていた。

よくよく見れば、頭の上には長さは一五メートルはあるであろう、赤錆に包まれてしまってはいるが、この場にはまったく似つかわしくない頑丈な鉄の橋。これは間違いなくどこからか運び込まれて、打ち捨てられた物体だ。人も住めなかったであろうこの高原の荒れた原野のなかに、見捨てられたとは言え、軽便鉄道の鉄橋らしきものが置き去りにされている。人が住んだ形跡のまったくないところ。私の頭は混乱した。確かに鉄道の橋ではあろうが。しかし、今私が立つこの場所は、文明などとはまさに無縁な、静寂な自然林の世界。人間臭さを持った鉄の塊が存在する場所ではないはずだ。私はうろたえた。

しかし冷静に考えてみれば、この山奥にわざわざ捨てにくるわけはない。そうだ、いつの頃か、この高原にも軽便鉄道が走っていたのだ。しかし、風雪に耐えて錆だらけになっている鉄橋を目の当たりにして、私は考え込んでしまった。人間が作り出した物体と、その存在の永続性を考えてみると、人間の肉体、生命などというものは、なんと重量感も、存在の永続性も短い儚い哀れなものであることか。人間はやがては無になる。しかしこの鉄の塊は、人間の手が触れない限り、半永久的に存在してゆくのだろう。一方、人間の存在は、この鉄の物体に比べれば、ただ右往左往して、喜怒哀楽に翻弄されて一生を過ごし、やがて、なんの痕跡を残すこともなく消え去るのだ。

この鉄橋の姿を見て、今朝から歩き続けた道らしきものは、私は今までに聞いたこともなかったが、その昔、この山裾のどこかに、あるときは栄えた鉱山でもあって、その採掘された鉱石などを運ぶための軽便鉄道の廃道であったのかもしれないなどと私は想像もし、そしてさらにはこの鉄道を中心に、この山奥で働いたその昔の人たちの生活を想ったりもした。彼らは貧しいながらも皆で助け合って、こんな人里離れた辺鄙な清冽な森のなかにも、きっと楽しい村があったに違いない。すべての村人は親兄弟姉妹のごとく和み親しんで、人情味豊かな集まりであったのだろう。そんな想いに捕らわれていると、遠く近くの森から、楽しげな笑い声が聞こえてくるような気さえしてくるのだった。

しかし今、私の目の前には、必ず存在したに違いない村、そしてその滅び去った痕跡一つ目にしない。古井戸、朽ちた電柱、捨てられた家の切れっぱし、そして歩いてきた道々には、鉄道の残骸と思われるレール一本、折れ曲がった信号機の一つ、さらに長い間の風雪に潰されたであろう駅舎跡やその散乱した瓦なども、まったく目に付かなかった。なぜ、かつては現実に存在し、残ってはいるはずのものが、錆びついた鉄橋だけを置いてきぼりにして一切が喪失し、消されてしまったのか。人間の歴史も消えたのか。今は冷たい秋風が、ときおり吹くだけになってしまっている。

まさに「平家物語」冒頭の一段「祇園精舎の鐘の声、諸行無常の響きあり。沙羅双樹の花の色、盛者必衰のことはりをあらはす。おごれる者もひさしからず、只春の夜の夢のごとし……」

ここに来て何か無常観に捕らわれ、この物語の書き出しが頭をかすめていった。

誰かが囁く。「人間の体も魂もそして家も畑も、実はこの世ではいつまでも存在し続けられるものではないのだよ。いつまでも存在し得るのは、あの鉄橋、鉄の塊だけだったのだ。鉄のたくましさ、図太さを残したのは、それに対しての人間の脆さ儚さを知らしめるためなんだ」と。

私が今日辿ってきた、なにか次元の異なる世界は、古びた鉄橋だけは残したが、そのほかのものは何者かの指図によってか完全に消失されてしまったのか。私はそんな世界に踏み込んでしまったに違いない。そんな想いに取りつかれると、私は言葉にならぬ取り返しのできぬ自らの思慮のなさ、無常観に苛まれた。

しかし、今私が迷い込んだこの世界は、私が昨日まで生きてきた世界ではないのだ。物質だけではない、人間の魂も肉体も、ここではすべて、誰に見取られることもなく喪失してしまう場所なのかもしれない。そんなふうに考えてしまっても、ここに迷い込んだことについて、私はなんの恐怖も後悔も起こらず、それならそれで、今の私にとっては願ってもない場所なのかもしれないと思い始めたりしていた。

私が朝、小屋を出てから幾時間が過ぎたのだろうか、人影もまったく見なかった。空腹感もなかった。幻想と現実が、私の頭のなかで渦巻いているのはわかり出したけれども、それを修正すべきかどうかも考えたくもなかった。鉄橋の下の広くもない川原に腰を下ろしている。いったいここはどこなのだろうか。

たしかにこの数年間、私は誰にも知られずに一人で辿り着きたかった場所を、誰に言うとはなく、幻想のなかで求めていた。そしてそのとき、それがこの場所であったのかと改めて気がついた。そうなのかもしれない。だからこの土地の名前もわからないし、まったく想像もしなかった鉄道の廃道を歩いたりしても、道に迷ったのかという心細さも湧かなかったのだ。今の時間もわからない。疲れもまったくなく、古びた鉄橋の下で座っているのだ。夕暮れが迫っているようであったが、私は今朝から歩いてきた道を引き返し、小屋に帰ろうとはまったく思い付かなかった。手で掬った水を、幾度も飲んだ。

静寂に圧倒されたわけではないが、目を閉じていると、私はここでこのまま静かに消失してゆくのではないかと思ったりしたが、不思議と寂しくもなく、うろたえもせず、すべてが静かに終わってゆくのだという、満足感にも似た気持ちにさえなっていった。

私は快感とも言える眠気を覚えた。ああ、これが永眠の夢に落ちる眠気か。そうだここが私にとっての黄泉の里なのかもしれない。そう思うとなおさらに安堵感を覚えた。私の体は、さっきまであの紺碧の大空に浮かんでいた真綿雲に包まれたように、静かに浮かぶ。無音の世界である。そして意識することもなく、小声でゆっくりと一つの歌を口ずさんでいた。

幼いときに唄ったスコットランドの民謡であったのだ。

「夕空はれて　あきかぜふき　つきかげ落ちて鈴虫なくおもえば遠し　故郷のそら、ああ、わが父母いかにおわす」

私は突然、なぜこの歌が口を突いて出たのかわからなかったが、私の亡き両親の面影が、ひどく明瞭に頭のなかに写し出された。私の父と母は、きっと、あの夕暮れの大空に浮かぶ真綿雲のなかにおわすのだろうと思った。なぜ、こんなときに父と母であり「故郷の空」なのだろうか。その理由を考えるには、私の頭は虚ろであり過ぎて、答えも出ない。

この狭い小川のほとりでも、間もなく秋の虫の音が聞こえてくるだろう。この川床からすぐの頭上にある鉄橋の下で、私は漠とした時を過ごしているようだ。見上げると、淡い月明かりのなかなのだろうか、薄雲がゆっくりと流れている。そのなかに名もなき星座群が瞬く。この星の輝きが私の目に到達するのに、何億年の時間を要したのだろうか、そして今、私の目の上に横たわる、錆だらけの鉄橋は、幾十年か前に造られたものであることはたしかだろうが、あの天空に瞬く砂のような星は、幾億年にも亘り、物体として存在してきたのだ。

今私の上にある鉄の物体は、私が横たわるこの世界では、ほかのレールや信号機と同じように、いつかは消失してしまうのだ。ならば骨と筋肉と脂肪ぐらいのものででできている人間などは、瞬時に喪失してしまうに違いない。私はなんとも妙に、人間を含めた「存在」ということの意味が混沌としてしまったが、しかし、現実と幻想が交じり合ったような時間のなかで過ごすと、それが人間の消失への道であるのかもしれないと思えた。それにしてはなんと安らかな眠りなのだろうか。そんなことをしみじみと思った。

私は七十年もの年月を生きてきてしまった。

私もまた静かに時を経て消えてゆくのだ。歩き続けてきた私の人生路の細道を切れ切れに思い起こすと、人生とは悲しきことのみが詰まった流れであったとさえ思えた。楽しく歓喜の歌を唄ったのは一瞬のことで、忘れ去られてしまうことのようだ。そしてその寂寞たる無常さだけは、いつまでも心のなかに残り、その人を支配する。

そしてまた、亡き父母を思い起こした。あの戦争の最中、父は言った。医学生になれば幾年かは兵隊にとられない頃であったが、私が医学部受験を拒んだとき「そんなに急いで死ぬことはない。日本が負けたとき、国を再建するのは若者だぞ。死を急いではならぬ」と。私は泣きながら、その言葉を聞いていた。

「人は死を急いではならぬ」

その一言を、灯火管制下の暗い部屋で聴いた。私が人生で初めて「死」という言葉を噛みしめた夜であった。そして、そのとき、私の横に泣き顔の母がいたのを思い出し、たまらなく悲しくなった。

暮れなずむ、音の消えた、誰もいない狭い川床で、背に当たる小石の硬さも忘れて横たわっていると、私の過去のすべてが納得して終わってゆくような、もう抵抗はできないという、ある種の諦観（それとも安堵感なのか）を覚えた。安らぎなのであろうか。自分の魂と肉体がすべて喪失し、存在を消されるときに、かくも抵抗もなく静かに順応してゆけるものだったのか。

私の過ごした七十数年を思い起こすと、国家や社会は波瀾万丈であったし、個人としても、その人の私に対しての愛の深さと、その裏側にある悲哀の深さも知らされた。だからこそ私自身は今、長年に亘り生きてきて、考え抜いた末のあり方として、自分の行動をまとめてゆけるのではないだろうか。そんなふうに思えてならなくなっていた。

高原の初秋、星の瞬き出す頃の空気は清冽であった。

完

平成十三（二〇〇一）年七月

立ち話

もう「豆まき」の時節なのだから、夕暮れの日脚は少しは伸びたのだろうが、春の気配は、この住宅街の通りではまだわからない。

朝からジージは文房具の二、三点を買いに出なくてはと思いながら、自分の部屋に居座っていると、いつの間にやら窓の外は薄暗くなってきた。

「まあ散歩がてら、歩いてくるか」とジージは腰を上げた。そういえば小一時間ほど前に、高一になる孫娘のマユとバーバが、居間のほうで楽しそうに喋っているのが聞こえていたが、しばらく前に「お使いに行ってきます」との声を残して、二人は出ていった。この家の鍵は二人ともに持っているはずだし、ジージが留守をしても困らないはずだと、ジージは家を出た。まだ北風の残る薄暮の通りであった。

駅前近くの歩道はそれなりに人通りが多い。そんななかをゆっくりと歩きながら、買い求める品を頭の中で思い出して再確認していると、正面のほうからこちらに近づいてくる背の高い少女が、笑顔でジージの前で立ち止まった。

「ジージ、どこに行くの。ボンヤリして歩いていると人にぶつかるわよ」

「たしかにそうだな。駅の向こう側まで、買い物にゆくんだよ」

「一緒に行ってあげるわよ」

二人は歩き出した。

「バーバと買い物に出たのじゃなかったのかい」

とジージはマユに尋ねた。

「もちろん、二人で家を出て、北側にあるしゃれた洋品屋さんにバーバを連れていってね、マユの欲しかった可愛いブラウスを買ってもらったの」

「それはうまくいったな。予定通りだったんだろう」

マユは満足げに笑った。

「それでバーバを置いてきぼりにして、あなたは帰ってきたのかい」

「違うのよ。そのお店でマユの幼稚園のときのお友達のオバーちゃまにバーバが会ってしまったのよ。それから二人はマユたちの昔の話になったりして、お互いの孫の話が続くの。そのオバーちゃまが『マユ子ちゃんもすっかり立派なお嬢さんにおなりになって』などと言い出して、長い立ち話は終わったけれど、マユの全然知らない人の話でもないので、ときどき『ハイ、ハイ』と返事をしたりしていたのだけど、話がなかなか終わらないので、マユは疲れちゃったの」

「それはご苦労さんだったね」

そしてジージはマユと文房具店に入ったが、買い物は五分とかからなかった。

店を出たらまたマユが喋り出した。

「バーバとそのオバーちゃまが別れて歩き出したら、バーバが『今夜の食後の果物を買わなくては』と言い出して、果物屋さんに入ろうとしたら、今度はバーバの女学校時代のお友達に会ってしまい、また立ち話。『ご無沙汰しておりますが、ご主人さまもお元気でいらっしゃいますか』とバーバが言ったら、『今朝も早くからゴルフですの』」

ゴルフの話が出たのなら、ジージも知っているあの奥さんだなとジージは思った。

どうもまた長話になりそうなので、マユはジージが心配しているから、先に帰ると言って、バーバの提げている重そうな買い物袋を受け取って、家に向かってゆくときに、ジージに会ってしまったのだとのことだった。

久しぶりに孫娘と街を歩いていると、子供のようで大人のような彼女が妙に眩しく見えたりした。

「バーバの会った二人目の小母ちゃまが、さっき変なことを言っていたわよ」

とマユが言い出した。

「変なことって、どんな話?」

「『ゴルフも良いのですけど、負けて帰ってくると、どうも機嫌が斜めでね』なんて笑って話していたわ」

ジージは奥さんたちは、そんなつまらんことまで話題にしているのかと、いささか意外であったので、早速、マユに聞いてみた。

「ジージは負けて帰ってきても変わらないだろう」

「そうね、気がつかなかったわ、帰ったらバーバに聞いてみるわ」

「マユは最近テニスの試合が多いけれど、そんなに勝敗にこだわるほうではないのかな。ジージは勝ち負けよりも、自分の頭のなかで描いているスウィングができないことのほうが情けなくなるんだよ」

「そうかもしれないわね」

夕飯のときマユがバーバに「バーバ、ジージがゴルフで負けて帰ってきたときって、バーバにはわかるの」と尋ねていた。

「はっきりとはわからないけれど、なんとなく雰囲気でわかるものなのよ」とバーバは真面目な顔で答えていた。
バーバと孫娘の会話も、なんだか奥が深いのだななどとジージはふと思った。

完

平成十五（二〇〇三）年一月

後記

一九九七年と九九年に、それぞれ『枯れ葉』と『山べにむかいて』という本を出しました。

今回、文芸社のお勧めもあり、この二冊の本からの抜粋と、その後に書いたものを加えて、本書を出すこととなりました。内容に重複したところもありますが、お許しください。

昔から、日記とか作文を書かないと落ち着かない性格で、役立たずのものを書き散らしておりましたが、それをまた、恥をしのんで一冊にまとめました。お目を通していただければ幸いです。

今回は、文芸社の方々にたいへんにお世話をかけ申し訳なく、感謝しております。

著者プロフィール

鈴木 匡（すずき ただす）

1925年、東京に生まれる
1949年、東京医専（現・東京医科大学）卒業
1950年、医師免許取得。その後銀座菊地病院外科勤務
1953年から59年まで東京医大病理学教室勤務。その後河北総合病院外科、所沢診療所などに勤務
1990年から現在まで横浜田園都市病院に勤務
1997年に「枯れ葉」、1999年に「山べにむかいて」を自費出版

消えた道 雑文集——評論・随筆・創作

2004年3月15日 初版第1刷発行

著 者 鈴木 匡
発行者 瓜谷 綱延
発行所 株式会社文芸社
〒160-0022 東京都新宿区新宿1－10－1
電話 03-5369-3060（編集）
03-5369-2299（販売）

印刷所 株式会社ユニックス

ISBN4-8355-7070-7 C0095
日本音楽著作権協会(出)許諾第0400492-401号